Diogenes Taschenbuch 24770

de
te
be

Inhalt

JOHANN PETER HEBEL

Dankbarkeit

In der Seeschlacht von Trafalgar, während die Kugeln sausten und die Mastbäume krachten, fand ein Matrose noch Zeit zu kratzen, wo es ihn biss, nämlich auf dem Kopf. Auf einmal streifte er mit zusammengelegtem Daumen und Zeigefinger bedächtig an einem Haare herab, und ließ ein armes Tierlein, das er zum Gefangenen gemacht hatte, auf den Boden fallen. Aber indem er sich niederbückte, um ihm den Garaus zu machen, flog eine feindliche Kanonenkugel ihm über den Rücken weg, paff, in das benachbarte Schiff.

Da ergriff den Matrosen ein dankbares Gefühl, und überzeugt, dass er von dieser Kugel wäre zerschmettert worden, wenn er sich nicht nach dem Tierlein gebücket hätte, hob er es schonend von dem Boden auf, und setzte es wieder auf den Kopf. »Weil du mir das Leben gerettet hast«, sagte er, – »aber lass dich nicht zum zweiten Mal attrapieren, denn ich kenne dich nimmer.«

DORIS DÖRRIE
Das Dankbarkeitstagebuch

Eva war besonders. Ich erinnere mich genau, wie ich sie das erste Mal sah. Wir drehten einen Studentenfilm auf der Straße, ich war das sogenannte Scriptgirl – Scriptboys gab es nicht –, und aus einem Hauseingang trat lachend eine junge hübsche Frau in einem Petticoat, auf Stöckelschuhen. Das war so ungewöhnlich zu einer Zeit, als wir alle in Parkas und Jeans herumliefen, so umwerfend unkonventionell, dass ich mir diese Frau merkte.

Bis heute trägt sie enge, figurbetonte Kleider, ich meistens weite, vor allem auf Reisen, denn ich bin der Meinung, man sollte nicht unnötig Blicke auf sich ziehen. Eva will dagegen unbedingt Blicke auf sich ziehen, und sie hat die Gabe, charmant um Hilfe zu bitten, die sie auch fast immer bekommt, besonders von Männern. Ich dagegen bitte nie um Hilfe, eine Frage der Ehre.

Auf einer Reise durch Mexiko, als wir noch einigermaßen jung waren, gerieten wir in Streit, weil ich Eva in dieser Machoumgebung verbieten wollte, eine weit ausgeschnittene Bluse zu tragen, was sie natürlich dennoch tat. Als wir nachts durch dunkle Gassen in unsere Pension zurückgingen – ich hatte mir den Weg sorgfältig gemerkt und weiß ihn nach all diesen Jahren immer noch: am großen braunen Tor rechts, dann links, am Hibiskus wieder rechts –, sprang ein kleiner Mann aus dem Gebüsch, überfiel Eva und fasste ihr in den Schritt. Mit dem Reflex eines Wachhundes stürzte ich mich auf ihn, vertrieb ihn mit Gebrüll und Schlägen, was angesichts seiner Statur nicht besonders schwierig war. Die Bluse war schuld am Überfall, davon war ich überzeugt.

Warum willst du hier unbedingt deine Weiblichkeit hervorkehren und den Mexikanern deinen Busen zeigen?, schrie ich Eva an.

Sagst du mir: selber schuld? Im Ernst?, brüllte sie zurück. Ich soll mich an den Sexismus anpassen und mich verkleiden?

Was nützt es dir denn, auf deinem Dekolleté zu bestehen, wenn es dich in Gefahr bringt? Wieso denkst du nicht darüber nach?

Du brauchst ja gar nicht drüber nachzudenken, schoss sie zurück. Du rennst ja sowieso immer nur in Schlotterklamotten rum!

Das stimmte. Seit Teenagerzeiten kleidete ich mich so, denn in den politischen Kreisen, in denen ich mich bewegte, galt es als unverzeihlich, traditionelle weibliche Rollen zu erfüllen, auch in der Kleidung. Das kam mir sehr gelegen, denn ich fühlte mich als Mädchen unwohl und war genderfluid, bevor es ein Wort dafür gab. Ich brauchte meinen BH nicht erst zu verbrennen, ich besaß gar keinen, weil er keine Funktion zu erfüllen gehabt hätte. Ich betete heimlich zu Gott, er möge mir Brüste wachsen lassen, aber er erhörte mich lange nicht. Meine Haare trug ich zottelig, die Jeans zwar hauteng, meinen Oberkörper jedoch verhüllte ich mit langen Hemden, Pullovern und Parkas. Ich war schlank und hatte später durchaus eine »gute Figur«, aber es wäre mir peinlich gewesen, auf sie angesprochen zu werden. Jede Form von ausgestellter Weiblichkeit war mir suspekt, denn sie bedeutete, dass man auf sie zurückgreifen musste, weil man sonst nicht ans Ziel kam. Ich schämte mich fast für die inszenierte Weiblichkeit von Frauen wie Marilyn Monroe, die nichts mit ihnen selbst zu tun hatte, sondern nur für den männlichen Blick gedacht zu sein schien. Und dennoch kann ich nicht beschwören, dass ich ganz ohne Kalkül in Hotpants zur Aufnahmeprüfung an der Filmhochschule erschienen bin.

In dem Haus gegenüber geht das Licht an, der Mann ist von hinten zu sehen, nach kurzer Zeit macht er wieder diese abgehackten, rhythmischen Bewegungen, die gewalttätig wirken.

Ich bin mir fast sicher, dass jemand geschlagen wird. Nie kann ich jedoch eine zweite Person ausmachen. Vielleicht befindet sie sich im nicht einsehbaren Teil des Zimmers. Die Bewegungen des Mannes werden immer schneller und ruckartiger, als steigere er sich in etwas hinein. Ich halte mein Handy auf das erleuchtete Fenster und versuche, es heranzuzoomen, aber es ist zu weit weg.

Wir wandern durch die Medina, Eva in einer engen weißen Bluse, ich in einem Herrenhemd. Nach einigen Um- und Irrwegen erreichen wir den *Djemaa el Fna,* was auf Arabisch so viel heißt wie »Versammlung der Toten«. Es ist eine erschöpfte Inszenierung all dessen, was der Tourist so erwartet. Ein trauriges weißes Äffchen wird an einer Leine geführt, Kobras schlängeln sich träge zu piepsigen Flötenklängen, ausgelaugt wirkende Händler bieten sorgsam aufgeschichtete Früchte und Nüsse an, ein paar Berber stellen sich in ihren traditionellen Kostümen zur Schau, mittendrin ein paar maulige Touristen: Das sah doch in all den Dokus viel wilder, bunter, exotischer aus! Fast jeder Ort auf der Welt hinkt mittlerweile seiner eigenen bildgewaltigen BBC-Dokuserie hinterher. Nie mehr wird er so gut und perfekt ausgeleuchtet aussehen wie dort. Die Konsequenz wäre, denke ich auf dem müden Platz, das Reisen als Tourist gleich ganz aufzugeben und sich stattdessen zu Hause in den perfekt eingerichteten Höhlen eines *Cave Automatic Virtual Environment* an der Welt zu erfreuen. Unvorstellbar für mich zu diesem Zeitpunkt, dass ein Virus in knapp einem Jahr uns allen das Reisen abgewöhnen und uns in virtuelle Welten treiben wird. Aber noch ist es nicht so weit.

Wir wollen uns bereits wieder abwenden, da packt mich eine kleine Frau am Handgelenk und pinselt mir in Windeseile ein Hennamuster auf den Handrücken. Nein, rufe ich lachend und will ihr meine Hand entziehen, aber sie hält sie fest.

Gratuit, gratuit, umsonst, umsonst, ruft sie.

Ich weiß, dass hier nichts umsonst ist. *Non, merci,* sage ich freundlich. Doch sie lässt nicht los. Ich schwöre, es ist ganz umsonst, wiederholt sie. Ganz umsonst.

Das glaube ich nicht, erwidere ich, immer noch lachend. Bitte lassen Sie mich gehen.

Aber sie lässt nicht locker, zerrt mich unter einen Sonnenschirm und bemalt nun auch meine Handinnenfläche.

Ich werde ungehalten, ich will nicht gegen meinen Willen verziert werden, ich möchte mich entscheiden dürfen. *Non,* sage ich jetzt streng, *je ne veux pas!* Sie blickt mich kühl an, mein Handgelenk fest in ihrer Hand wie in einem Schraubstock.

Eva steht neben mir, zuckt die Achseln, aber da macht eine andere Frau Jagd auf sie, um sie ebenfalls zu bemalen.

Eva läuft lachend davon, ich sitze fest, bekomme meine Hand immer noch nicht zurück. Ein Preis wird genannt, den ich nicht verstehe, 200 Dirham, 2000? Ich kann die Währung noch nicht umrechnen, habe keine Ahnung, was von mir verlangt wird. Ich schreie jetzt, sie soll mich loslassen. *Merde!* Das ist das einzige französische Schimpfwort, das mir einfällt.

Sie lässt meine Hand einfach fallen, wirft sie von sich wie ein Stück Abfall, spuckt vor mir aus.

Ich fühle mich als doofe, geizige Touristin vorgeführt, krame ein paar Dirham aus der Tasche, will sie ihr geben, aber sie schlägt die Arme unter, schaut mich nicht mehr an. Es ist ein Spiel, ich verstehe. Mit dem Geld in der offenen, bemalten Hand stelle ich mich vor sie wie vor ein Pferd mit einem Stück Zucker. Sie schnaubt, dreht mir den Rücken zu. Ich bleibe stehen, warte. Es dauert, bis sie mit einer einzigen blitzschnellen Geste das Geld von meiner Hand fegt und rasch davongeht. Ich habe das Gefühl, gewonnen zu haben, was idiotisch ist.

Ist doch hübsch, sagt Eva und inspiziert meine Hand. Ein feines rotes Muster überzieht sie wie ein Spitzenhandschuh und lässt sie mir ganz fremd, aber auch seltsam schön erscheinen. Fast stolz trage ich sie nun mit mir herum, meine Hand gehört in meinem ständigen Bestreben, mich dem fremden Land anzuverwandeln, nicht mehr ganz mir, sondern hierher, und ich mit ihr.

Bereitwillig lassen wir uns im Souk in einen Wirbel von Klischees fallen. Es ist stickig, laut und voll, überall stehen Männer vor ihren Läden, mustern uns, rufen und winken uns herein, locken uns mit billigen Angeboten. Wir erwidern ihre Blicke nicht, bleiben kaum stehen, denn sonst sind wir sogleich gefangen wie fette Fliegen im Spinnennetz. Von Teenagerbeinen an haben wir gelernt, keinen Mann zu lange anzuschauen, denn er könnte es falsch verstehen. Er könnte es für eine Ermunterung oder gar Einladung halten, eine Aufforderung, über uns herzufallen. Der Mann muss ständig interpretiert und gelesen werden, um nicht in Gefahr zu geraten. Wir sind es so gewohnt, taxiert zu werden, dass selbst unser Alter und unser rapide gesunkener Marktwert nichts an unserem Verhalten ändert. Aber wie alt sind wir? Meistens weiß ich es gar nicht, habe kein Gespür dafür, wie man mich wahrnimmt. Eva ist für mich unverändert, und in ihrer Gesellschaft bin ich es auch. Wir streifen durch den Lederbazar, den Wollbazar, den Schmuckbazar, den Teppichbazar, haben tausend verschiedene Wünsche pro Sekunde, probieren hundert verschiedene *babooshs* an, die traditionellen Lederschlappen, bis uns schwindlig wird. Alles wollen wir haben, alles anprobieren, alles kaufen, und können uns nicht entscheiden. Dieses gemeinsame Konsumgewitter ist unser Ritual. Seit vielen Jahren verabreden wir uns ab und zu in der Stadt, durchstreifen die Läden und Kaufhäuser, probieren im Minutentakt verschiedene Klamotten an, bis wir Muskelkater in den Armen bekommen, wir benutzen die Läden als Bühne des immer gleichen Stücks: Wir könnten auch ganz jemand anderes sein.

Und so taumeln wir in Marrakesch in einen Laden mit klassischen Djellabas, die eigentlich für Männer gedacht sind. Der Besitzer winkt die beiden Damen dennoch freundlich herein, aus Erfahrung geht er davon aus, dass sie schnell wieder verschwinden, nachdem sie alles angegrabbelt und ohne jeglichen Sachverstand befühlt haben, aber da fängt die eine, die kleine, an zu keuchen und sich zu krümmen, und im nächsten Augenblick liegt sie schon auf dem Steinfußboden, und die andere, die größere mit Haaren wie ein Kamelschopf, hält ihr die Handgelenke und redet auf sie ein.

Neugierig versammeln sich ein paar Männer um uns herum. Eva liegt ausgestreckt auf dem kühlen Boden, ich drücke Akupressurpunkte an ihren Handgelenken, was, wie ich mich schwach erinnere, gut sein soll bei allgemeiner Aufregung und Nervosität. Möglichst ruhig zähle ich vor mich hin, um ihren Atemrhythmus zu verlangsamen. Eva ist aschfahl und zittert wie unter Schüttelfrost. Mr. Rogers mit seinem beruhigenden Singsang taucht in meinen Gedanken auf, wo kommt er mit einem Mal her? Gleich darauf Szenen aus dem Roman *Himmel über der Wüste* von Paul Bowles. Ein junger Amerikaner wird krank in Marokko – oder war es Tunesien? Algerien? Er liegt in einer Hütte in der Wüste und stirbt, seine Freundin verliert darüber fast den Verstand, hilflos irrt sie umher und wird am Ende als sexuelles Objekt von einem Stammesfürsten zum nächsten weitergereicht. Die reisende Frau als Opfer ihrer Neugier.

Warum musste sie denn auch das Haus verlassen? In der Verfilmung von Bertolucci trägt Debra Winger in den letzten Szenen den tiefblauen Turban der Tuareg, ihr Gesicht ist kaum noch zu erkennen, ihre abendländische Identität hat sich aufgelöst und ist spurlos im Orient aufgegangen.

It's a wonderful day in the neighborhood, singt Mr. Rogers, und ich zähle immer weiter. Eins, zwei, drei, vier, fünf, sechs, einatmen, eins, zwei, drei, vier, fünf, sechs, sieben, acht, ausatmen. Das längere Ausatmen beruhigt den Parasympathikus und damit die Herzfrequenz. Wo hab ich das jetzt wieder her?

Der Besitzer des Ladens hat die Glotzer verscheucht und süßen Minztee bringen lassen, den ich Eva in kleinen Schlucken einflöße, aber immer noch zittert und japst sie und kann nicht aufstehen. Der Besitzer sieht uns gleichmütig zu, als sei das alles nichts Neues oder gar Besonderes. Seine Ruhe beruhigt mich, und ich beruhige Eva, und am Ende sind wir alle ein wenig beruhigt. Schließlich erhebt sich Eva, diagnostiziert eine Panikattacke, und während sie sich auf einen eilig herbeigebrachten Stuhl hievt, kaufe ich aus schlechtem Gewissen, weil wir das Geschäft schon seit geraumer Zeit lahmgelegt haben, eine tieflila Djellaba aus schwerer Wolle, die ich wahrscheinlich nie tragen werde.

Wir fallen aus dem Laden zurück in den quirligen, lärmenden Souk, mit meiner Strickmustererinnerung führe ich uns fast bis zurück zum Hotel, da überfällt uns der Hunger, und kurz vor Sonnenuntergang landen wir auf der Dachterrasse eines Restaurants. Wie über eine zweite, helle, ganz andere Stadt blickt man über die flachen Dächer, zwischen denen wie Ausrufezeichen Minarette stehen. Die letzten Sonnenstrahlen färben sie rosarot, Schwalben stieben durch die Luft, Mauersegler kreischen in hohen Tönen, alles ist mit einem Mal leicht und wunderbar.

Eva lächelt, man bringt uns Campari, das generelle Alkoholverbot ist anscheinend kein Problem. Wie in einem Nest hocken hier hoch oben nur Touristen, kein Marokkaner weit und breit außer den Kellnern.

Auf der Karte findet sich nicht ein einziges vegetarisches Gericht, ich erwarte, dass Eva deshalb nichts essen wird, aber sie bestellt Tajine mit Huhn und Datteln wie ich. Wie viele Diskussionen wir auf unseren Reisen über Essen geführt und wie oft wir uns gestritten haben, weil ich der Überzeugung bin, dass man im Ausland gefälligst isst, was auf den Tisch kommt, und keine Sonderwünsche anmeldet. Besonders erboste mich, wenn ich auch noch Evas Wünsche übersetzen sollte.

In Wahrheit bin ich oft zu schüchtern, um Änderungswünsche zu äußern. Ich möchte nicht auffallen, mir nicht Zorn und Ablehnung von Kellnern zuziehen, als ewig meckrige Deutsche dastehen. Immer wieder bin ich erstaunt, dass Eva zumeist auf freundliches Verständnis stößt. Sonderwünsche bedeuteten in meiner Kindheit, dass man *unbedingt eine Extrawurst braten wollte* oder *aus der Reihe tanzte* oder *nicht mitspielen wollte. Egoistisch war.* Die Familie hatte als Einheit zu funktionieren gegen den Rest der Welt.

Ich führe jetzt ein Dankbarkeitstagebuch, sagt Eva mit geschlossenen Augen in den Sonnenuntergang.

Ah ja, murmele ich. Ist ja gerade mächtig angesagt.

Würde ich dir auch empfehlen, sagt sie.

Hältst du mich für undankbar?

Ich glaube, du vergisst oft, wie privilegiert du bist.

Bist du doch auch.

Ja, und ich vergesse es auch ständig, denn mir fallen nur noch Dinge ein, die furchtbar sein werden. Ich werde alt und krank und ganz allein sein, denn alle werden vor mir sterben.

Ich nicht, sage ich. Ich werde diejenige sein, die alt und allein übrig bleiben wird.

Ich muss lernen, anders zu denken, sagt Eva. Es verändert etwas im Gehirn, wenn man regelmäßig die positiven Dinge aufzählt statt die negativen. Die alte Route, die sich im Gehirn durch ständige Negativität eingegraben hat, ist der einfachste Weg, den die Gedanken gehen können, wie eine Art Autobahn. Tausendmal negativ gedacht führt dazu, dass der tausendunderste Gedanke mit ziemlicher Sicherheit auch negativ sein wird, außer man lenkt ihn bewusst um, indem man Momente der Dankbarkeit auflistet.

Dafür gibt es eine App, sage ich.

Bestimmt.

Nein, hier, ich habe sie sogar auf dem Handy.

Ich zeige Eva die App.

Und benutzt du sie?

Ja, schau: 26. Januar: Nettes Treffen mit Eva. Habe richtig gute Ramen gekocht. Mit X gestritten und wieder vertragen. Keine Erkältung. Keine schlechten Nachrichten.

Nettes Treffen mit mir?, mault Eva. Was soll das denn heißen?

Nett ist ein kürzeres Wort als schön. Man kann es schneller schreiben.

Am 26. Januar?, sagt Eva. Ich kann mich gar nicht erinnern. Und nach dem 26. 1. gibt es keinen einzigen Eintrag mehr von dir.

Ich habe mich gelangweilt, sage ich, mit all der Dankbarkeit. Die schönen Momente sind langweilig, wenn man sie aufschreibt. Hier noch eine Kostprobe: 4. Dezember: Warme Wohnung. Warmes Wasser. Gut geschlafen. Zeitung gelesen im Bett. Telefonat mit Mutter. Telefonat mit Kind. Avocado-Toast.

Du hast recht. Eva lacht. Das ist sehr langweilig. Aber es geht ja nicht um besonders tolle Momente, sondern darum, das Gehirn an Dankbarkeit zu gewöhnen, damit es mit der Zeit einen anderen Weg einschlägt.

Und? Macht es deins schon?

Nein, sagt sie, aber ich übe. Ich will keine alte, böse Frau werden, die ständig vor sich hin meckert und immer nur das vermisst, was nicht mehr zu haben ist.

Aber ich will auch nicht dauernd dankbar sein müssen. Das ist mir zu weichgespült, zu nett, zu schlapp irgendwie.

Schlapp? Es kostet mich ziemliche Kraft, dankbar zu sein, sagt Eva, denn wenn ich mich beobachte, fluche ich in Gedanken ständig vor mich hin, werte ab, beurteile, bin gemein und garstig. Und ich glaube, das geschieht aus Angst.

Angst wovor?

Nicht mehr dazuzugehören, nicht mehr mitzuspielen, nicht mehr dabei zu sein. Also mache ich alles nieder, um den Verlust nicht spüren zu müssen.

Aber der Verlust ist doch die Wahrheit. Man kann doch nicht für alles ständig dankbar sein!

Nein, sagt sie leise, nicht für alles, aber in jedem Moment.

Ich lache, möchte nicht ernst werden. Die schlimmen Geschichten sind meist die besseren. Der schlimmste Ferientag immer interessanter als der schönste Ferientag.

Aber es geht doch nicht um Geschichten!

Doch. Die Dinge in Geschichten verwandeln zu können nimmt ihnen die Macht über uns. Wie du heute im Djellaba-Laden umgefallen bist, ist eine gute Geschichte.

Wehe, wenn du daraus eine Geschichte machst, sagt Eva.

Sie ist bereits eine, weil sie vorbei ist.

Ich hoffe, sagt sie leise.

Ich nehme ihre Hand. Kommt nicht wieder. Und wenn, dann kipp bitte das nächste Mal in einem interessanteren Laden um.

Sie lacht ein bisschen. Die lila Djellaba ist doch ganz hübsch.

Ich schreib's in meine App, sage ich. Dankbar für die Djellaba.

RAY BRADBURY

Der wunderbare Tod des Dudley Stone

Er lebt!«

»Er ist tot!«

»Zum Teufel, er lebt in Neuengland!«

»Er ist vor zwanzig Jahren gestorben!«

»Lass einen Hut rumgehen, ich zieh los und bring euch seinen Kopf!«

So lief die Unterhaltung an jenem Abend. Ein Fremder hatte mit seinem Gerede davon, dass Dudley Stone tot sei, den Anstoß dazu gegeben. Wir entgegneten sofort lautstark, dass er lebe. Und mussten wir's nicht wissen? Waren wir nicht schließlich als Einzige übrig geblieben von der Schar seiner Anhänger, die ihn in den Zwanzigerjahren in Weihrauchschwaden gehüllt und seine Bücher im Schein lodernder intellektueller Brandopfer gelesen hatten?

Der Dudley Stone. Der großartige Stilist, der stolzeste aller Literaturlöwen. Sicherlich erinnern Sie sich noch an die Schwarzmalerei und die Weltuntergangsstimmung, daran, wie sich alle gegen den Kopf schlugen, als er seinen Verlegern folgende Mitteilung zukommen ließ:

Sehr geehrte Herren! Heute, im Alter von dreißig Jahren, trete ich von der Bühne ab, gebe ich das Schreiben auf, verbrenne alles, was mir teuer ist, werfe mein letztes Ma-

nuskript auf den Müll, rufe Ihnen meinen Gruß und mein Lebewohl zu.

Ihr Dudley Stone

Was folgte, lag in der Größenordnung von Lawinen und Erdbeben.

»*Warum?*«, fragten wir uns jahrelang immer wieder.

In bester Groschenroman-Manier diskutierten wir die Frage, ob die Frauen ihn dahin gebracht hätten, seine literarische Zukunft wegzuwerfen. War es der Alkohol? Oder seine Wettleidenschaft – waren ihm die Pferde davongelaufen, hatten sie einen edlen Traber in seinen besten Jahren aus dem Rennen geworfen?

Ungefragt erklärten wir aller Welt, dass Faulkner, Hemingway, Steinbeck unter seinem Ruhm begraben lägen, wenn Stone heute noch schriebe. Umso trauriger, dass er – gerade im Begriff, sein bedeutendstes Werk zu verfassen – es sich eines schönen Tages anders überlegte und beschloss, sein künftiges Leben in einer kleinen Stadt zu verbringen, die wir ›Vergessenheit‹ nennen wollen, an einem Meer, für das der Name ›Vergangenheit‹ am besten passt.

»*Warum?*«

Diese Frage war für immer wach in denjenigen von uns, die in seinen bunten Werken das Aufleuchten der Genialität wahrgenommen hatten.

Als wir an einem Abend vor ein paar Wochen beisammensaßen, die Abtragungen der Jahre weggrübelten, feststellten, dass die Tränensäcke unter unseren Augen und der Mangel an Haaren auf unseren Schädeln deutlicher geworden waren, gerieten wir in Wut über den Durchschnittsbürger, der Dudley Stone ignorierte.

Thomas Wolfe, so murmelten wir, hatte immerhin schon gehörigen Erfolg gehabt, als es ihn packte und er über den Rand zur Ewigkeit hinabsprang. Zumindest die Kritiker fanden sich ein und starrten ihm nach bei seinem Sturz ins Dunkel, wie einem Meteor, der feurig auf seiner Bahn vorüberzieht. Doch wer erinnerte sich noch an Dudley Stone, an seine Leserzirkel, seine tobenden Fans in den zwanziger Jahren?

»Lass den Hut rumgehen«, sagte ich, »ich werde die dreihundert Meilen weit fahren, Dudley Stone am Schlafittchen packen und sagen: ›Also, Mr. Stone, warum haben Sie uns so hängen lassen? Warum haben Sie in fünfundzwanzig Jahren nicht ein einziges Buch geschrieben?‹«

Der Hut war mit Geldscheinen angefüllt; ich schickte ein Telegramm ab und setzte mich in den Zug.

Ich weiß nicht, was ich erwartet hatte. Vielleicht hatte ich damit gerechnet, einen vertrottelten, gebrechlichen Tattergreis anzutreffen, der durch den Bahnhof huschte, vom Seewind getrieben, ein kalkweißes Gespenst, das mich mit heiserer Stimme ansprechen würde, mit einer Stimme, die dem Raunen von Gras und Schilf im Nachtwind glich. Ich presste die Knie gequält zusammen, als der Zug in den Bahnhof hineindampfte. Ich stieg aus, hinaus in eine einsame Gegend, eine Meile vom Meer. Und wie ein heilloser Narr fragte ich mich, wie es so weit hatte kommen können.

Auf einer Anschlagtafel vor dem verrammelten Fahrkartenschalter entdeckte ich einen mehrere Zentimeter dicken Packen von Bekanntmachungen; seit unzähligen Jahren war einfach eine auf die andere geklebt oder genagelt worden. Als ich den Packen durchblätterte, anthropologische Schichten bedruckten Gewebes ablöste, fand ich, was ich suchte. Dudley Stone in den Gemeinderat! Dudley Stone, unser neuer Sheriff! Macht Dudley Stone zum Bürgermeister! Und weiter nach oben, durch all die Jahre hindurch, bewarb sich sein Foto, das kaum mehr zu erkennen war, ausgeblichen von Sonne und Regen, um immer verantwortungsvollere Positionen im Leben dieser Welt hier draußen am Meer. Ich stand da und las.

»He!«

Und plötzlich kam Dudley Stone hinter mir über den Bahnsteig herangestürzt. »Sie, Mr. Douglas!« Ich wirbelte herum und sah vor mir diesen Hünen von Mann, groß, aber nicht dick, mit Beinen, die ihn wie riesige Kolben voranschoben; am Revers eine leuchtende Blume, um den Hals eine bunte Krawatte. Er quetschte meine Hand und sah dabei auf mich herab wie Michelangelos Gott, der mit einer mächtigen Berührung Adam erschafft. Sein Gesicht war das der warmen und kalten Winde, der Nord- und Südwinde, wie sie auf alten Seekarten dargestellt sind. Es war das Gesicht, das in ägyptischen Reliefs, vor Leben glühend, die Sonne symbolisiert!

Meine Güte!, dachte ich. Und das ist der Mann, der seit gut zwanzig Jahren nichts mehr geschrieben hat. Unmöglich. Er ist so lebendig, so sündhaft lebendig. Ich kann seinen *Herzschlag* hören!

Ich muss mit weit aufgerissenen Augen dagestanden

haben, um seinen Anblick in mein aufgewühltes Inneres eindringen zu lassen.

»Sie haben erwartet, ein klapperndes Gespenst vorzufinden«, lachte er. »Geben Sie's zu.«

»Ich –«

»Meine Frau wartet mit einem guten neuenglischen Essen auf uns, Bier ist auch genug da, helles und dunkles. Ich mag beide Sorten. Das helle hellt einen auf, belebt die müden Geister. Eine feine Sache. Das dunkle – es klingt schon so voll, so gesund!« Eine große goldene Uhr baumelte an einer glänzenden Kette auf seiner Weste. Er packte mich am Ellbogen und dirigierte mich voran, ein Zauberer auf dem Rückweg zu seiner Höhle, in seinen Händen ein Kaninchen, das Pech gehabt hat. »Schön, Sie zu sehen! Ich nehme an, Sie sind gekommen, um mir die gleiche Frage zu stellen wie all die anderen! Gut, diesmal werde ich alles erzählen!«

Mein Herz schlug höher. »Fantastisch!«

Hinter dem verlassenen Bahnhofsgebäude stand ein Ford mit offenem Verdeck, Modell T, Baujahr 1927. »Frische Luft. Wenn man in der Dämmerung fährt, so wie jetzt, trägt einem der Wind die Felder, das Gras, all die Blumen zu. Hoffentlich gehören Sie nicht zu denen, die ständig durchs Haus schleichen und alle Fenster schließen! Unser Haus ist wie der Gipfel eines Tafelbergs. Das Fegen überlassen wir dem Wind. Steigen Sie ein!«

Zehn Minuten später bogen wir von der Hauptstraße ab, auf einen Weg, der seit Jahren nicht ausgebessert worden war. Stone fuhr unbeirrt durch die Schlaglöcher und über die Hubbel, lächelte dabei ununterbrochen. Peng! Wir wurden kräftig durchgerüttelt auf den letzten Metern zu dem zweigeschossigen Haus, das unfertig wirkte, keinen Anstrich hatte. Stone ließ den Wagen ein letztes Mal aufkeuchen und dann in Totenstille verfallen.

»Wollen Sie die Wahrheit wissen?« Er wandte sich mir zu, sah mich an, hatte eine Hand nachdenklich auf meine Schulter gelegt. »Ich bin ermordet worden, von einem Mann mit einem Revolver, fast auf den Tag genau vor fünfundzwanzig Jahren.«

Ich starrte hinter ihm drein, als er aus dem Wagen sprang. Er war massiv wie ein Felsblock, hatte absolut nichts von einem Gespenst, und doch war mir klar, dass in dem, was er gesagt hatte, ehe er wie eine Kanonenkugel auf das Haus zuschoss, die Wahrheit steckte.

»Meine Frau, unser Haus, und da das Abendessen, das uns erwartet! Wie finden Sie die Aussicht? Im Wohnzimmer haben wir Fenster nach drei Seiten, Blick aufs Meer, die Küste entlang und auf die Wiesen. Drei Viertel des Jahres stehen bei uns alle Fenster sperrangelweit offen. Im Hochsommer weht der Duft von Limonen herein, und wenn's Dezember wird, riecht's irgendwie nach Antarktis, Salmiak und Eiscreme. Lena, ist es nicht *nett,* dass er hier ist?«

»Hoffentlich mögen Sie neuenglisches Essen«, sagte Lena, die überall gleichzeitig war, eine große, kräftig gebaute Frau, wie die aufgehende Sonne, ein strahlendes Gesicht, das wie eine Lampe auf den Tisch schien, während sie das schwere, praktische Geschirr austeilte, das auch dem Faustschlag eines Riesen standgehalten hätte. Das Besteck war so solide, dass selbst die Zähne eines Löwen es nicht verbogen hätten. Eine große Dampfwolke stieg auf, durch die wir Sünder freudig hinabschritten in die Hölle. Dreimal wurde die Platte zum Nachservieren herumgereicht, und ich fühlte, wie sich der Ballast in mir ansammelte, in der Brust, in der Kehle, und schließlich in den Ohren. Dudley Stone schenkte mir ein Gebräu ein, das er aus wilden dunklen Trauben gemacht hatte, aus Trauben, die, wie er sagte, um Gnade gebettelt hatten. Als die Weinflasche leer war, blies Stone zart über die grüne Glasöffnung, erzeugte mit einem einzigen Ton eine kleine, rhythmische Melodie.

»So, ich habe Sie lange genug warten lassen«, meinte er dann und schaute mich an, schaute auf mich aus der Distanz, die zwischen den Menschen entsteht, wenn sie miteinander trinken, und die einem ab und zu im Laufe eines Abends wie unmittelbare Nähe erscheint. »Ich erzähle Ihnen von meiner Ermordung. Sie sind der Erste, der das erfährt; glauben Sie mir. Kennen Sie John Oatis Kendall?«

»Ein unbedeutender Schriftsteller in den Zwanzigerjahren, oder?«, antwortete ich. »Ein paar Bücher. Schon 1931 war er ausgebrannt. Ist letzte Woche gestorben.«

»Möge er in Frieden ruhen.« Mr. Stone verfiel für einen Moment in eine eigenartige Melancholie, aus der er wieder auftauchte, als er weiterredete.

»Ja. John Oatis Kendall, schon 1931 völlig ausgebrannt, dabei war er so ein begabter Schriftsteller.«

»Nicht so begabt wie Sie«, warf ich schnell ein.

»Warten Sie nur ab. Wir haben unsere Kindheit zusammen verlebt, John Oatis und ich; wo wir zur Welt kamen, berührte der Schatten einer Eiche am Morgen mein Geburtshaus und am Abend seines, wir haben unzählige

Bäche gemeinsam durchschwommen, allen beiden ist uns von grünen Äpfeln und von Zigaretten schlecht geworden, wir haben beide dasselbe Schimmern in demselben blonden Haar desselben Mädchens gesehen, und als wir auf die zwanzig zugingen, sind wir losgezogen, um das Schicksal herauszufordern, und haben gemeinsam eins aufs Dach gekriegt. Wir waren beide nicht schlecht, und dann wurde *ich* im Lauf der Jahre besser und immer besser. Während sein erstes Buch eine gute Kritik bekam, waren es bei meinem sechs, erhielt ich eine schlechte Kritik, bekam er davon ein Dutzend. Wir waren wie zwei Freunde im gleichen Zug, nur dass das Publikum den Waggon des einen abgekuppelt hatte. Und John Oatis blieb zurück, auf dem Dienstwagen, schrie: ›Rette mich! Lass mich nicht zurück hier in der tiefsten Provinz; wir fahren auf demselben Gleis!‹ Und der Schaffner wandte ein: ›Schon richtig, nur nicht mehr im selben *Zug*!‹ Ich schrie: ›Ich glaube an dich, John, nur Mut, ich komme zurück und hole dich!‹ Und der Dienstwagen schwand dahin in der Ferne mit seinen roten und grünen Lampen wie Kirsch- und Zitronenlutscher, die im Dunkeln leuchten, während wir einander schreiend unsere Freundschaft beteuerten: ›John, mein Junge!‹, ›Dudley, alter Freund!‹ Und während John Oatis um Mitternacht auf ein dunkles Abstellgleis hinter einem alten Wellblechschuppen einbog, dampfte meine Lok, mit all den Fähnchen schwenkenden Fans und den Blaskapellen, voran in Richtung Morgengrauen.«

Dudley Stone machte eine Pause und bemerkte meinen völlig verwirrten Blick.

»Dies alles führte zu meiner Ermordung«, fuhr er fort.

»Denn 1930 tauschte John Oatis Kendall ein paar alte Klamotten und einige abgegriffene Exemplare seiner Bücher gegen eine Pistole ein und kam heraus, in dieses Haus, in dieses Zimmer.«

»Er hatte wirklich vor, Sie zu töten?«

»Das ist gut: Er hatte es vor! Er hat's getan! Peng. Noch ein Glas Wein? Das tut gut.«

Mrs. Stone stellte einen kleinen Erdbeerkuchen auf den Tisch, während er meine zitternde Erregung genoss. Stone teilte den Kuchen in drei große Stücke und gab jedem von uns eines; dabei sah er mich wohlwollend an, mit den Augen eines Menschen, der erleichtert ist, endlich seine Geschichte erzählen zu können.

»Da hat er gesessen, John Oatis, auf dem Stuhl, auf dem Sie jetzt sitzen. Hinter ihm, draußen in der Räucherkammer, siebzehn Schinken; in unserem Weinkeller fünfhundert Flaschen vom Besten; draußen vor dem Fenster Felder und Wiesen, das Meer elegant mit Spitzenborten besetzt; über uns der Mond wie eine Schüssel frische Sahne, überall die ganze Palette des Frühlings, ja, und drüben über dem Tisch Lena, eine Weide im Wind, lachte über alles, was ich sagte oder vorzog, nicht zu sagen, wir beide genau dreißig, stellen Sie sich vor, dreißig Jahre, das Leben für uns ein prächtiges Karussell, unsere Finger griffen voll in die Saiten, meine Bücher verkauften sich gut, die Fanpost strömte als weiße Flut herein, im Stall standen Pferde, auf denen wir im Mondlicht ausritten, in kleine Buchten, wo wir oder das Meer alles in die Nacht hinausflüstern konnten, was wir wollten. Und John Oatis, dort, wo Sie jetzt sitzen, zieht ruhig den kleinen blauen Revolver aus der Tasche.«

»Ich hab gelacht, dachte, es wäre eines von diesen Feuerzeugen«, sagte seine Frau.

»Aber John Oatis meinte ganz ruhig: ›Ich werde Sie töten, Mr. Stone!‹«

»Und was haben Sie gemacht?«

»Was hätte ich machen können? Ich saß einfach da, erschüttert, fassungslos; ich hörte ein schreckliches Krachen! Der Sargdeckel! Ich hörte, wie etwas auf mich herabrutschte; Erde begrub meinen Ausgang. Man sagt, in so einem Augenblick sehe man seine ganze Vergangenheit vor seinem inneren Auge vorbeirasen. Unsinn. Es ist die *Zukunft*. Man sieht sein Gesicht als blutigen Brei. Man sitzt da und ringt nach Worten, bis man herausbringt: ›Aber wieso, John, was hab ich dir denn getan?‹

›Ha!‹, schrie er.

Und seine Augen strichen über das voll beladene Bücherregal, über die stattliche Brigade von Büchern hin, die in Habachtstellung dastanden und auf denen mein Name wie das Auge eines Panthers aus dem ledernen Dunkel leuchtete. ›Ha!‹, schrie er, irrsinnig. Und in seiner verschwitzten Hand zuckte der Revolver. ›Also, John‹, sagte ich vorsichtig. ›Was willst du?‹

›Ich will eines mehr als alles andere auf der Welt‹, erwiderte er, ›dich umbringen und berühmt werden. Meinen Namen in den Schlagzeilen sehen. So berühmt werden, wie du es bist. Mein Leben lang und noch nach meinem Tod bekannt sein als der, der Dudley Stone umgebracht hat!‹

›Das kann doch nicht dein Ernst sein!‹

›Und ob. Ich werde sehr berühmt sein. Viel berühmter als jetzt, in deinem Schatten. Weißt du, niemand auf der

Welt kann hassen wie ein Schriftsteller. Mein Gott, wie liebe ich deine Werke und wie hasse ich dich, weil du so gut schreibst. Ein erstaunlicher Zwiespalt. Ich halte es einfach nicht mehr aus, nicht so gut schreiben zu können wie du, also werde ich auf einfachere Weise zu Ruhm gelangen. Ich werde dich absägen, ehe du den Gipfel erreichst. Man sagt, dein nächstes Buch werde dein bestes, dein brillantestes!‹

›Die übertreiben.‹

›Sie werden schon recht haben!‹, entgegnete er.

Ich sah auf Lena, die hinter ihm auf einem Stuhl saß, voller Angst, aber nicht so erschreckt, dass sie losgeschrien hätte oder weggerannt wäre, das Schauspiel verdorben, ihm ein vorzeitiges Ende bereitet hätte.

›Ruhig‹, sagte ich. ›Nur Ruhe. Bleib nur da sitzen, John. Gib mir eine Minute. Dann drück ab!‹

›Nein!‹, flüsterte Lena.

›Ganz ruhig‹, sagte ich zu ihr, zu mir, zu John Oatis.

Ich starrte durch die offenen Fenster hinaus, spürte den Wind, dachte an den Wein im Keller, an die kleinen Buchten am Strand, an das Meer, an den Mond, der nachts wie eine Mentholscheibe den Sommerhimmel kühlte, der Wolken flammender Salzkörnchen – die Sterne – im Bogen hinter sich herzog in Richtung Morgen. Ich dachte daran, dass ich erst dreißig war, und ebenso Lena, und dass unser ganzes Leben vor uns lag. Ich dachte an all die Trauben des Lebens, die hoch oben hingen und darauf warteten, von mir gepflückt zu werden! Ich hatte nie einen Berg bestiegen, nie im Segelboot einen Ozean überquert, ich hatte mich nie um das Amt eines Bürgermeisters beworben, nie war ich nach

Perlen getaucht, hatte nie ein Teleskop besessen, nie auf einer Bühne gestanden, hatte kein Haus gebaut und nicht all die Klassiker gelesen, die ich *so gerne* kennengelernt hätte. All das wartete darauf, von mir getan zu werden!

So dachte ich schließlich in diesen fast nur einen Augenblick währenden sechzig Sekunden auch an meine Karriere. An die Bücher, die ich geschrieben hatte, an die, die ich gerade schrieb, an die, die ich noch schreiben wollte. An die Kritiken, die Verkaufsziffern, unseren beruhigenden Kontostand. Und, ob Sie mir's glauben oder nicht, zum ersten Mal im Leben konnte ich mich davon befreien. Ich nahm auf einen Schlag eine kritische Haltung ein. Ich zog Bilanz. Auf die eine Waagschale legte ich all die Schiffe, mit denen ich nicht gefahren war, die Blumen, die ich nicht gepflanzt, die Kinder, die ich nicht großgezogen, die Berge, auf die ich nie einen Blick geworfen hatte, und dazu Lena, als Erntegöttin. In die Mitte stellte ich John Oatis Kendall mit seinem Revolver – der Pfosten, auf dem der Waagebalken auflag. Und auf die leere Waagschale legte ich ein Dutzend Bücher. Ich nahm ein paar kleinere Korrekturen vor. Legte meinen Füllhalter, die Tinte, das leere Papier dazu, und meine Sekunden tickten vorbei. Süßer Abendwind wehte über den Tisch. Er berührte eine Locke in Lenas Nacken, mein Gott, wie zart er sie berührte, wie sanft …

Die Revolvermündung war genau auf mich gerichtet. Ich habe Fotos von Mondkratern gesehen und von diesem Loch im Weltall, dem Großen Kohlensacknebel, aber, ganz bestimmt, keine dieser Öffnungen war so groß wie die Revolvermündung dort drüben auf der anderen Seite des Tisches.

›John‹, sagte ich schließlich, ›hasst du mich wirklich so sehr? Weil ich Glück gehabt habe und du nicht?‹

›Zum Teufel, ja!‹, brüllte er.

Es war schon fast komisch, dass er mich beneidete. Ich war gar kein viel besserer Schriftsteller als er. Was ich ihm voraushatte, war nur das Tüpfelchen auf dem i.

›John‹, sagte ich ruhig zu ihm, ›wenn du willst, dass ich tot bin, werde ich tot sein. Wärst du zufrieden, wenn ich nie mehr etwas schreiben würde?‹

›Einen größeren Gefallen könntest du mir nicht tun!‹, rief er. ›Mach dich fertig!‹ Er zielte auf mein Herz!

›In Ordnung‹, sagte ich, ›ich werde nie mehr schreiben.‹

›Was?‹, stutzte er.

›Wir sind seit ewigen Zeiten Freunde, wir haben einander nie belogen, oder? Ich gebe dir mein Wort, von heute ab werde ich nichts mehr zu Papier bringen.‹

›Mein Gott‹, sagte er und lachte, verächtlich und ungläubig.

›Dort‹, sagte ich und deutete mit dem Kopf auf den Schreibtisch neben ihm, ›liegen die Manuskripte der beiden Bücher, an denen ich in den letzten drei Jahren gearbeitet habe. Es gibt keine Kopien davon. Eines davon werde ich jetzt hier vor dir verbrennen. Das andere kannst du selbst ins Meer werfen. Räum das Haus aus, nimm alles mit, was auch nur entfernt an Literatur erinnert, verbrenne auch meine bereits veröffentlichten Bücher. Hier!‹ Ich stand auf. Er hätte mich in diesem Augenblick erschießen können, aber ich hatte ihn in meinen Bann geschlagen. Ich warf ein Manuskript in den Kamin und hielt ein Streichholz daran.

›Nein!‹, rief Lena. Ich wandte mich um, sagte: ›Ich weiß,

was ich tue.‹ Sie begann zu weinen. John Oatis Kendall starrte mich nur an, war hingerissen. Ich brachte ihm das andere unveröffentlichte Manuskript. ›Bitte.‹ Ich steckte es unter seinen rechten Schuh, so dass sein Fuß als Briefbeschwerer diente. Ich ging zurück an meinen Platz und setzte mich. Der Wind wehte, die Nacht war warm, und Lena saß weiß wie Apfelblüten mir gegenüber am Tisch.

Ich sagte: ›Von heute an werde ich keine Zeile mehr schreiben.‹

Es dauerte eine Weile, ehe John Oatis stammelte: ›Wie bringst du das fertig?‹

›Ich mache uns doch alle glücklich damit‹, erwiderte ich. ›Dich, weil wir endlich wieder Freunde sein werden. Lena, weil ich nun nur noch ihr Mann und nicht mehr der dressierte Seehund irgendeines Agenten sein werde. Und mich, weil ich lieber ein lebendiger Mann als ein toter Schriftsteller bin. Wenn's ans Sterben geht, tut ein Mensch alles, John. Jetzt nimm meinen letzten Roman, und mach dich auf den Weg.‹

Wir saßen da, alle drei, so wie wir heute Abend hier sitzen. Der Duft von Zitronen, Limetten und Kamelien lag in der Luft. Unter uns toste der Ozean an die steinige Küste; meine Güte, was für ein herrliches mondbeschienenes Geräusch. Und schließlich packte John Oatis die Manuskripte, trug sie hinaus, als wären sie meine Leiche. Er blieb in der Tür stehen und sagte: ›Ich glaube dir.‹ Und dann war er fort. Ich hörte, wie er wegfuhr. Ich brachte Lena zu Bett. Das war eine der wenigen Nächte in meinem Leben, in denen ich die Küste entlanglief. Und wie ich lief! Ich holte tief Luft, betastete meine Arme, meine Beine und mein

Gesicht mit den Händen und weinte dabei wie ein Kind, lief und watete durch die Brandung, wollte die Gischt des kalten salzigen Wassers, die Millionen von Schaumblasen um mich herum spüren.«

Dudley Stone hielt inne. Die Zeit im Zimmer war stehen geblieben. Stehen geblieben in einem anderen Jahr, und wir drei saßen da, verzaubert von der Geschichte seiner Ermordung.

»Und hat er Ihren letzten Roman vernichtet?«, fragte ich.

Dudley Stone nickte. »Eine Woche danach wurde ein Blatt davon an der Küste angetrieben. Er muss das Manuskript über die Klippe geworfen haben, tausend Seiten, ich sehe sie vor meinem inneren Auge, sie könnten ausgesehen haben wie ein Schwarm weißer Seemöwen, als sie hinabsegelten aufs Wasser um vier Uhr morgens und von den Wellen hinausgetragen wurden ins Dunkel. Lena kam den Strand entlanggerannt, dieses eine Blatt in der Hand, und rief: ›Schau nur!‹ Und als ich sah, was sie mir da in die Hand drückte, warf ich's zurück ins Meer.«

»Sie haben sich wirklich an Ihr Versprechen gehalten?«

Dudley Stone sah mich unverwandt an. »Was hätten *Sie* in so einer Situation getan? Sehen Sie es doch so: John Oatis hat mir einen Gefallen getan. Er hat mich nicht umgebracht. Hat mich nicht erschossen. Ich hab ihm mein Wort gegeben. Er hat es akzeptiert. Er hat mich leben lassen. Er hat mich weiterhin essen und schlafen und atmen lassen. Auf einen Schlag hat er meinen Horizont erweitert. Ich war so dankbar, dass ich weinte, als ich in dieser Nacht am Strand bis zur Hüfte im Wasser stand. Ich war dankbar. Verstehen Sie dieses Wort wirklich? Dankbar, weil er mich weiterleben ließ, als er es in der Hand gehabt hätte, mich für immer auszulöschen.«

Mrs. Stone stand auf, das Abendessen war beendet. Sie räumte den Tisch ab, während wir uns eine Zigarre anzündeten und Dudley Stone mich gemächlich hinüber in sein Arbeitszimmer führte, an seinen Rollschreibtisch, der weit geöffnet war, dessen Kinnbacken vollgestopft waren mit Paketen, Papieren, Tintenfässern, einer Schreibmaschine, Dokumenten, Buchhaltungsunterlagen, Karteien.

»In mir brodelte es hoch. John Oatis schöpfte nur den Schaum ab, so dass ich das Gebräu sehen konnte. Es war völlig ungetrübt«, sagte Dudley Stone. »Schreiben war immer nur etwas Scharfes, Bitteres für mich gewesen; ich hatte Worte auf Papier gezappelt, tiefe Depressionen von Herz und Seele durchlebt. Hatte gesehen, wie die gierigen Kritiker mich hochjubelten, mich runtermachten, mich wie eine Wurst in Scheiben schnitten, mich bei einem mitternächtlichen Frühstück verspeisten. Es war Arbeit von der übelsten Art. Ich war bereit, den Kram hinzuschmeißen. Für mich war der Abzug gespannt. Bum! Da war John Oatis! Sehen Sie nur!«

Er wühlte im Schreibtisch herum, zog Handzettel und Plakate heraus. »Ich hatte immer über das Leben *geschrieben*. Jetzt wollte ich es leben. Dinge *tun*, anstatt von ihnen zu erzählen. Ich habe für den Schulausschuss kandidiert – und gewonnen. Für den Gemeinderat – gewonnen. Als Bürgermeister – gewonnen! Sheriff! Stadtbibliothekar! Referent für Abwasserbeseitigung. Ich hab eine Menge Hände geschüttelt, viel vom Leben gesehen, eine Menge Dinge getan. Wir haben alle Arten von Leben gelebt, Augen, Nase,

Mund, Ohren und Hände dabei gebraucht. Sind auf Berge geklettert und haben Bilder gemalt, da an der Wand hängen ein paar! Wir haben dreimal die Welt umrundet! Ich habe sogar unseren Sohn, der überraschend kam, zur Welt gebracht. Er ist inzwischen erwachsen und verheiratet – lebt in New York! Wir haben gelebt und gelebt.« Stone machte eine Pause, lächelte. »Kommen Sie raus auf den Hof; wir haben ein Teleskop aufgestellt, würden Sie gern mal die Ringe des Saturn sehen?«

Wir standen im Hof, und der Wind wehte von der See herüber, aus tausend Meilen Entfernung, und während wir dastanden und durch das Teleskop die Sterne betrachteten, stieg Mrs. Stone hinab in den mitternächtlichen Keller, um eine gute Flasche spanischen Wein zu holen.

Es war Mittag, als wir am nächsten Tag nach einer stürmischen Fahrt über holprige Wiesen an dem verlassenen Bahnhof ankamen. Mr. Stone ließ das Auto einfach dahinrasen, während er mir etwas erzählte, dabei laut auflachte oder still vor sich hin schmunzelte, hin und wieder auf einen aus der Steinzeit übrig gebliebenen Felsbrocken zeigte oder auf irgendeine Wiesenblume, schließlich wieder in Schweigen verfiel, als wir das Auto abstellten und auf den Zug warteten, der mich wegbringen sollte.

»Ich schätze«, meinte er und blickte dabei zum Himmel, »Sie halten mich für ganz schön verrückt.«

»Aber nein, keineswegs.«

»Also«, hob Dudley Stone an, »John Oatis Kendall hat mir noch einen Gefallen getan.«

»Und welchen?«

Gesprächsbereit rutschte Stone auf dem geflickten Ledersitz herum, wandte sich mir zu.

»Er hat mir geholfen rauszukommen, während alles noch gut lief. Tief in meinem Inneren muss ich gewusst haben, dass mein literarischer Erfolg eine Sache war, die dahinschmelzen würde, wenn man mir das Kühlsystem abdrehte. Mein Unterbewusstsein hatte eine recht klare Vorstellung von meiner Zukunft. Ich wusste, was keiner meiner Kritiker auch nur ahnte, dass es mit mir nur noch abwärtsgehen konnte. Die beiden Bücher, die John Oatis vernichtet hat, waren äußerst schwach. Sie hätten meinen literarischen Tod bedeutet, einen viel endgültigeren Tod, als ich ihn jemals durch Oatis erleiden konnte. Er hat mir also, ohne es zu wissen, geholfen, eine Entscheidung zu treffen, zu der ich mich allein vielleicht nicht hätte durchringen können, weil es mir dazu an Mut gefehlt hätte, nämlich, mich mit einer Verbeugung zurückzuziehen, während noch der Kotillon getanzt wurde, während die bunten Lampions noch ihr flackerndes Licht auf meine akademische Blässe warfen. Ich hatte zu viele Schriftsteller erst auf dem Gipfel gesehen und dann am Boden, aus dem Rennen geworfen, verletzt, unglücklich, dem Selbstmord nahe. Das Zusammentreffen von Gegebenheiten und Zufällen, meine unbewusste Erkenntnis, die Erleichterung und die Dankbarkeit, die ich, einfach deshalb, weil ich noch *lebte*, John Oatis Kendall gegenüber empfand, das alles war schieres Glück.«

Eine Minute lang saßen wir schweigend im warmen Sonnenlicht.

»Und dann konnte ich vergnügt mit ansehen, wie man mich, nachdem ich meinen Rückzug aus der Literatur angekündigt hatte, mit all den literarischen Größen verglich. Nur wenige Autoren haben sich in neuerer Zeit unter so viel Beifall verabschiedet. Es war ein wundervolles Begräbnis. Ich wirkte, wie man sagt, genau wie zu Lebzeiten. Und das Echo hallte noch lange nach.

›Sein *nächstes Buch*‹, riefen die Kritiker, ›wäre *die* Sensation geworden! Ein Meisterwerk!‹ Ich ließ sie lechzend warten. Sie wussten fast gar nichts. Noch heute, nach einem Vierteljahrhundert, machen meine Leser, die damals noch College-Schüler waren, rußige Ausflüge mit Bummelzügen, die nach Kerosin stinken, um herauszufinden, warum ich so lange auf mein Meisterwerk warten lasse. Und dank John Oatis Kendall bin ich noch immer nicht völlig in Vergessenheit geraten; mein Ruhm ist langsam geschwunden, ohne dass es wehtat. Ein Jahr später hätte ich mich vielleicht mit der Feder selbst umgebracht. Dann hätten andere meinen Waggon vom Zug abgekuppelt, und wie viel besser ist es doch, das selbst zu tun.

Meine Freundschaft mit John Oatis Kendall? Lebte wieder auf. Es dauerte natürlich eine gewisse Zeit. Aber 1947 kam er hierher, hat mich besucht; es war ein schöner Tag, wirklich, wie in alten Zeiten. Und jetzt ist er tot, und ich habe endlich jemandem alles erzählt. Was werden Sie Ihren Freunden in der Stadt sagen? Die glauben Ihnen kein Wort. Aber es ist *wahr*, ich schwör's Ihnen, so wahr, wie ich hier sitze und Gottes frische Luft atme, auf die Schwielen an meinen Händen schaue und allmählich den verblichenen Handzetteln immer ähnlicher werde, die ich verteilt habe, als ich Fiskalbeamter unseres Bezirks werden wollte.«

Wir standen auf dem Bahnsteig.

»Auf Wiedersehen, und danke, dass Sie gekommen sind, die Ohren geöffnet haben und meine Welt auf sich einstürzen ließen. Grüßen Sie alle Ihre gespannten Freunde. Da, der Zug kommt! Ich muss mich beeilen; Lena und ich machen heute Nachmittag bei einer Rot-Kreuz-Fahrt mit, die Küste entlang! Auf Wiedersehen!«

Ich sah, wie dieser Tote über den Bahnsteig davonstapfte, davonhüpfte, spürte das Zittern der Holzplanken, sah, wie er in seinen Wagen sprang, wie er hineinstampfte, hörte, wie der Wagen unter seinem Gewicht ächzte, wie er ihn anließ, wie der Motor aufheulte, sah, wie er wendete, dabei lächelte und mir zuwinkte, wie er davonbrauste, hin zu der plötzlich strahlenden Stadt, ›Vergessenheit‹ genannt, an der Küste eines blendenden Meeres mit dem Namen ›Vergangenheit‹.

ITALIENISCHES VOLKSMÄRCHEN

Der dankbare Tote

In der Markgrafschaft Treviso (unweit von Venedig) war einmal ein reicher freigebiger Ritter. Er fing an, so große Ausgaben zu machen, dass er sein gesamtes Hab und Gut verlor. Um diese Zeit drang in sein Land die Kunde, der König von Cornwall habe in der ganzen Welt bekanntmachen lassen, er gäbe jedem beliebigen Ritter, der an seinen Hof komme und im Turnier Sieger bleibe, sein Töchterlein zur Frau und die Hälfte seines Königreichs.

Als nun unser Ritter diese Neuigkeit vernahm, bekam er Lust hinzugehen. Er versammelte seine Freunde und Verwandten und bat sie, sie möchten ihm helfen. Etliche rieten ihm dazu, die andern aber nicht. Schließlich kam man überein, er solle gehn. Also halfen sie ihm, und er bekam von ihnen Waffen, Pferde und Geld und gutes Geleit. So machte er sich auf die lange Reise. Eines Tages gelangte er in die Nähe eines Schlosses. Und wie er so auf der geraden Straße dahinritt, sah er vor sich viele Leute zu Fuß und zu Pferd. Er bemerkte plötzlich, wie all diese Leute auf einmal die rechte Straße verließen und einen schmalen Seitenweg einschlugen. »Warum verlassen diese Leute die gute Straße und ziehen auf jener schlechten dahin?«, fragte er. »Mein Herr, wisst Ihr das nicht?« – »Gewiss nicht«, sagte unser Ritter. – »Mein Herr, so will ich es Euch sagen. Wenn Ihr geradeaus gehen würdet, so würdet Ihr und jeder andere einen so starken Leichengeruch verspüren von einem verstorbenen Schlossherrn, der dort in der Kirche aufgebahrt liegt, dass jeder Vorübergehende davon sterben müsste. Deshalb gehen wir von der geraden Straße ab und machen einen Umweg.«

Da sprach der Ritter: »Bei Gott, sag mir, warum wird dieser Schlossherr nicht begraben, wenn er doch gestorben ist?« Und jener: »Mein Herr, der Grund ist dieser: Es ist hierzulande Brauch, wenn jemand stirbt und er hat Schulden, so wird er nicht eher begraben, bis alle jene, die etwas zu fordern haben, bezahlt sind. Da nun der Verstorbene bei all seinem hohen Rang und seiner Freigebigkeit verarmt war und große Schulden hat und ihm nichts verblieben ist, um diese zu bezahlen, auch weder Verwandte noch Freunde es für ihn tun mögen, so wird er nicht beerdigt, bis die Gläubiger befriedigt sind.«

Da sprach der Ritter: »Und wenn nun einer käme, der für ihn bezahlen wollte, wird er dann beerdigt?« Und jener: »Gewiss, mein Herr, sicherlich, sogleich.« Darauf begab sich unser Ritter hinauf aufs Schloss und lies unverzüglich verkünden, dass jeder, der von dem verstorbenen Edlen Gigliotto, der in der Kirche liege und seiner Schulden wegen nicht begraben werde, etwas übrighabe, zu Herrn Dianese in die und die Herberge kommen solle; er wolle jede Forderung bezahlen, denn er wünsche, dass der Schlossherr begraben werde. Sobald nun die Leute diesen Aufruf hörten, kamen alle, die etwas von Herrn Gigliotto zu fordern hatten, zu besagter Herberge. Und Herr Dianese, von Mitleid erfüllt, begann zu zahlen und gab all sein Geld aus, ja er verkaufte sogar alle seine Pferde, bis auf ein Ross, das er für sich behielt. Als er den letzten Gläubiger befriedigt hatte, lud er alle Bewohner der Umgebung ein und ließ den Edelmann mit großen Ehren bestatten.

Dann nahm er Abschied von den Leuten im Schloss, stieg zu Pferd und zog weiter. Als er zwei Meilen geritten war, er zu Ross und seine Begleiter zu Fuß, kam einer hinter ihm dreingeritten, sehr kostbar gekleidet, mit zwei Pferden und schöner Ladung und grüßte Herrn Dianese. Dieser erwiderte höflich den Gruß, und der Kaufmann fragte Herrn Dianese, was er vorhabe, wie es ihm ergangen und warum er auf Reisen sei. Und fügte hinzu: »Ich möchte Euch gern begleiten auf dieser ganzen Reise, und das, was Ihr und ich gewinnen, das sei zur Hälfte geteilt. Ihr seid ein tüchtiger Ritter, und ich habe Geld genug. Ich will Euch Geld geben, Pferde, Waffen und alles, was Ihr braucht.« Herr Dianese dachte: ›Das gerade ist's, was ich nötig habe‹, und willigte ein.

Sie kamen in eine Stadt. Dort kauften sie sich Pferde und Waffen und was sie sonst noch nötig hatten. Dann ritten sie weiter, bis sie zur Hauptstadt des Königs von Cornwall gelangten, und nahmen dort Herberge in einem angesehenen Gasthaus. Sogleich luden sie die guten Bürger des Ortes zur Tafel ein und gaben ihnen ein sehr köstliches Essen. Und das taten sie so oft, dass alle Leute sagten: »Das sind die vornehmsten Ritter, die je gekommen sind.« Endlich kam der Tag, an dem das Turnier abgehalten werden sollte. Die Ritter waren auf der großen Wiese versammelt, wo das Wettspiel stattfinden sollte. Auch der König und die Königin kamen und die Prinzessin und der ganze Adel des

Landes. Und als alles versammelt war, befahl der König, dass das Turnier beginne, und man wusste, dass der, welcher dabei Sieger bleibe, die Königstochter zur Gemahlin und das halbe Königreich bekommen werde.

Da waren denn die hohen Herren und Ritter eifrig beim Waffenspiel, und es waren tüchtige und unerschrockene Kämpfer dabei. Am Ende blieb Herr Dianese Sieger, und als der König und die Königin das sahen, wurden sie sehr froh, und alle Leute riefen: »Herr Dianese hat den Preis gewonnen!« Und der König schickte zu ihm und gab ihm seine Tochter zur Frau und sein halbes Reich. Und da war große Freude und ein schönes Fest und viel Fröhlichkeit.

Dann weilten sie fast einen Monat im Land. Und eines Tages sagte der Kaufherr zu Herrn Dianese: »Scheint es Euch nicht an der Zeit, in Eure Heimat zurückzukehren? Gott hat Euch so viel Gut und Ehre geschenkt, dass Ihr ihm Dank schuldig seid.« Und Herr Dianese antwortete: »In der Tat, ich will Gott preisen, denn ihm habe ich mein Glück zu verdanken und Euch, die Ihr mir geholfen habt, mehr als sonst ein Mensch in dieser Welt. Ich möchte gerne zurückkehren in meine Heimat, aber wir werden das nicht tun können ohne Einverständnis des Königs.« Und der Kaufmann sagte: »Ihr habt recht. So wollen wir zum König gehen, er ist ein weiser Herr und wird Eure Bitte erfüllen.« Sie einigten sich und gingen vor den König, und Herr Dianese sagte: »Mein gnädiger Herr, Ihr wisst, dass ich Euch gehöre, sowohl mein Gut als auch meine Person, und ich will nichts unternehmen ohne Euren Rat und Willen. Und ich wünsche mir, mit Eurer Erlaubnis in das Land heimzukehren, woher ich gekommen bin, um meine Verwandten und Freunde wiederzusehen und sie zu erfreuen mit der Ehre, welche Ihr mir angetan habt.« Und der König antwortete Herrn Dianese: »Ich bin mit Euch wohlzufrieden und würde Euch lieber hierbehalten, aber wenn Ihr Verlangen habt, die Freunde und Verwandten wiederzusehen, so ist es mir recht.« Und der Herr Dianese dankte und sagte: »Heut in acht Tagen wollen wir im Namen Gottes die Rückreise antreten.« Und der König erklärte sich damit einverstanden.

Es kam der Tag der Abreise, und Herr Dianese empfahl sein Land dem König, und dieser versprach ihm, treu dafür zu sorgen. Dann stiegen sie zu Pferd, Herr Dianese, seine Frau und der Kaufmann und viele andere Ritter und etliche Kammerfrauen und viele Saumtiere mit dem Gepäck, so wie es einem großen Herrn geziemt. Der König und viele hohe Herren und Ritter gaben ihnen das Geleit bis über ihre Grenze hinaus, und alles war festlich gestimmt.

Als sie sie eine große Strecke weit begleitet hatten, nahm der König mit seinem Gefolge Abschied von Herrn Dianese und dieser von ihm und seinen Leuten, und der König kehrte in sein Land zurück. Als sie schon viele Tagereisen mit großer Anstrengung geritten waren und nur noch eine Tagereise von Treviso, der Heimat des Herrn Dianese, entfernt waren, kamen sie an eine Stelle, wo sich die Straße gabelte. Da sagte der Kaufmann zu Herrn Dianese: »Lasst alle Leute halten.«

Und Herr Dianese, der seinen treuen Begleiter liebte und schätzte, ließ sofort melden, es solle niemand weiterreiten. Und der Kaufmann fragte: »Wisst Ihr, warum ich Euch stehen bleiben hieß?« – »Nein, wahrlich nicht«, entgegnete

Herr Dianese. »So will ich's Euch sagen«, erwiderte jener. »Ich wünsche jetzt, dass Ihr Euch an die Abmachungen haltet, die wir getroffen haben.« Da sprach Herr Dianese: »Was für Abmachungen? Ich kann mich nicht erinnern.«

Der Kaufmann erwiderte: »Ihr wisst, dass wir damals auf dem Weg zum Turnier beschlossen, das, was wir gewinnen würden, zur Hälfte zu teilen.« Nun sprach Herr Dianese: »Freilich erinnere ich mich daran, und so verhält es sich auch, warum sagt Ihr es denn? Wollt Ihr wirklich Euren Teil haben?« Und der Kaufmann: »Ja, ich will die Hälfte.« Und Herr Dianese: »Ach, kommt doch mit mir, ich werde Euch immer gut halten in meinem Hause, Ihr werdet Euch sehr wohl fühlen und ebenso in Ehren gehalten wie ich.« Und der Kaufmann: »Wisset, dass ich nach Hause gehen will, und darum möchte ich jetzt mein Teil.«

Da war Herr Dianese ganz verwirrt, aber er wollte sein Versprechen halten. Also sagte er: »Teilt, wie Ihr wollt, und ich will mich zufriedengeben.« Und der Kaufmann: »Ich will die Teilung vornehmen.« Und Herr Dianese: »Macht ganz nach Eurem Gutdünken.«

Und der Kaufmann teilte auf folgende Weise: »Die Frau mit dem Reitpferd bildet den einen Teil und diese Ritter mit all den Saumtierladungen den andern Teil; wählt den, der Euch gefällt.«

Da wurde Herr Dianese zornig und dachte: »Das sind fürwahr ungleiche Teile! Aber ich denke, ich kann nichts anderes tun als die Frau nehmen.« Also nahm er seine Frau und überließ dem Kaufmann den Rest. Darauf nahmen sie Abschied voneinander, und der eine zog diesen Weg, der andere jenen. Herr Dianese war sehr betrübt. Als der Kaufmann mit all seinen Leuten auf seiner Straße ein Stück geritten war, nahm er querfeld einen Pfad, um zurückzukehren und Herrn Dianese, der ganz bekümmert des Weges ritt, einzuholen. Als dieser den Kaufmann erblickte, wunderte er sich und fragte: »Warum kehrt Ihr zurück?«

Darauf sagte dieser: »Reitet langsam, Herr Dianese, bleibt stehen. Es ist wahr, dass wir geteilt haben, und Ihr habt mir das Versprechen treu gehalten wie ein ehrlicher und wackerer Ritter. Ich bin jetzt Herr über diese Leute und kann mit ihnen machen, was ich will. Also gebe ich sie Euch zurück. Gott möge Euch Glück verleihen, Euch und Eurer Frau. Und ich will Euch auch sagen, wer ich bin, damit Ihr, der Ihr gern andern gedient habt, dass auch fürderhin gern tun möget, denn es wird Euch alles Gute daraus erwachsen. Ich bin der Ritter, den Ihr so ehrenvoll in der Kirche begraben ließet.«

Da sagte Herr Dianese: »Wenn die Toten einen erwiesenen Dienst vergelten, was sollen die Lebenden tun?« – »Nun wisset, Herr Dianese, Ihr und alle diese Leute, dass ein Liebesdienst nie verlorengeht und nie verlorengehen wird.«

Und sowie er dies gesprochen hatte, war er verschwunden. Herr Dianese kehrte mit seiner Frau in seine Heimat zurück. Dort lebten sie in hohem Ansehen, er belohnte alle seine Freunde reichlich, und es ging ihnen immer gut.

JULIO CORTÁZAR

Wahre Begebenheit

Einem Herrn fällt die Brille zu Boden. Das Geräusch, mit dem sie auf die Fliesen schlägt, ist fürchterlich. Der Herr bückt sich ganz bekümmert, denn die Gläser sind teuer, aber verdutzt entdeckt er, dass sie wie durch ein Wunder nicht entzwei sind. Jetzt fühlt dieser Herr tiefe Dankbarkeit, und er begreift, dass diese Begebenheit ein freundlicher Wink ist. Also begibt er sich zu einem Optiker und ersteht sogleich ein Lederfutteral mit doppeltem Schutzpolster, um gegen alle Tücken gefeit zu sein. Eine Stunde darauf fällt ihm das Futteral herunter, und als er sich ganz gelassen bückt, entdeckt er, dass die Brille in abertausend Stücke zersprungen ist. Dieser Herr braucht eine Weile, ehe er begreift, dass die Fügungen der Vorsehung unerforschlich sind und das Wunder in Wirklichkeit erst jetzt geschehen ist.

KRISTINA SCHILKE

Frosch oder Pinguin

Auf der weißen Krankenhausdecke sah das Schwarz des Pinguinkörpers noch dunkler und glänzender aus. Robert drehte dieses »Objekt«, wie er es nannte, in seinen Händen. Im Bauch des pummeligen Pinguins war die Thermometersäule eingelassen. Darüber ragte der Kopf mit dem zu einem Lächeln verzogenen Schnabel. Die Flügel lagen ganz eng am Körper an. Als würde der Pinguin Koffer tragen, und diese Koffer würden seine Flügel beschwerend nach unten ziehen. Das Badethermometer sei schwimmfähig, hatte Simon gesagt. Schwimmfähig. Als würde das irgendetwas besser machen. Robert sah zu dem leeren Nachbarbett und dem Fenster mit all der Sonne dahinter, und dachte, dass selbst er als Gymnasialdeutsch- und Geschichtslehrer das Wort »schwimmfähig« höchstens ein halbes Dutzend Mal in seinem Leben verwendet hatte.

Dieses »Objekt«. Robert wusste nicht, was er davon halten sollte. War es Taktlosigkeit? Hohn? Oder – und diese Möglichkeit fühlte sich für Robert wie die immer kleiner und kleiner werdenden Buchstaben bei einem Augentest an – war es ehrliche Sorge? Der Versuch einer unbedachten Hilfe?

Robert sah auf. Jemand klopfte an der Tür. Wenn jemand klopfte, dann konnte es unmöglich eine Krankenschwester sein. Denn die klopften nicht. Die kamen einfach rein, unaufhaltsam wie ein Güterzug auf Durchfahrt. Sie kamen rein und hoben ohne Vorwarnung die Decke hoch und sahen sich die Füße an. Höchstens konnte es noch der Narbenflüsterer sein. Der klopfte. Aber nur pro forma. Er klopfte und kam dann sofort rein mit seinen Metallstäbchen und den Gels und dem fast schon besorgniserregenden Interesse für Narben.

Wenn jemand klopfte und danach auf Antwort wartete, musste es ein Besucher sein. Robert versteckte den Pinguin schnellstens unter der filetierten *Süddeutschen*, die auf seinem Nachttischchen lag. Dann rief er zur Tür »Ja?«

Herein kam niemand anderes als Ludwig. Gott. Sei. Dank.

Robert drückte sich die rechte Faust gegen seine Brust. Er konnte nicht mehr vor Lachen. In der letzten Zeit hatte er unter Sodbrennen zu leiden, und so ein lautes hervorquellendes Lachen verstärkte den Schmerz.

»Lies noch mal vor«, sagte Robert in der ersten Pause, die ihm das Lachen gönnte.

»Es war ein Liederabend, gegeben von einer am Orte ansässigen und Unterricht erteilenden Berufssängerin mit zwei Medaillen seitlich unter dem Ausschnitt ihres Ballkleides, Armen, die Stöcken glichen, und einer Stimme, deren eigentümliche Tonlosigkeit über die Gründe ihrer Ansiedlung hier oben betrübende Auskunft gab.«

Und dann setzte der Schmerz in Roberts Brust scharfkantig schon vor dem Lachen ein, wie eine Prophezeiung des Ausbruchs. Das Lachen ergoss sich schließlich über ihn wie eine Lawine.

Ludwig blickte über das Buch hinweg Robert an und lachte ebenfalls. Aber sein Lachen war anders. Er lachte wie ein Tourist, der sich in einer Gruppe von Einheimischen einen Witz in einer fremden Sprache anhört. Er lachte, weil es ihn freute, dass Robert sich freute. Er selbst konnte nicht viel mit dem Scherzkeks Thomas Mann anfangen. Er las Krimis. War er daheim, las Ludwig bayerische oder zur Not auch österreichische Regionalkrimis. Fuhr er in den Urlaub, nach Frankreich beispielsweise, las er französische Krimis, genau auf die zu bereisende Region bezogen, egal ob Bretagne oder Normandie oder Provence.

»Betrübende Auskunft über ihre Ansiedlung hier oben«, sagte Robert, hob seine Brille etwas an und wischte sich ein paar Tränen aus den Augen. »Bist du sicher, dass du es nicht wieder mitnehmen willst? Vielleicht entdeckst du ihn ja für dich.«

»Nein, nein«, sagte Ludwig. Seine Brille unter dem grauweißen Haar fing kurz das Sonnenlicht ein, sodass zwei gleißende Kreise in seinem Gesicht entstanden. »Du hast doch nur die gebundene Ausgabe. Sogar in Leinen gebunden, oder? Wenn du darauf was im Krankenhaus verschüttest, ist es doch schade drum. Und Taschenbuch geht immer.«

»Da beziehen die sich wohl auf das Schnee-Kapitel«, sagte Robert, und zeigte auf den Einband, auf dem ein filigraner Caféhausstuhl mit einer dicken Schicht Schnee bedeckt war. »Und, was machen die Meinen?«, fragte Robert. »Sind sie sauer? Nächstes Jahr Abitur und dann so was.« Robert deutete in einer dahinwischenden Geste auf seinen

Unterkörper, der sich unter der Krankenhausdecke dicklich und deutlich abzeichnete.

»Jetzt pass auf«, sagte Ludwig. Plötzlich schloss er das Buch und legte es recht schief auf die *Süddeutsche,* wodurch das »Objekt« darunter drohte, herunterzufallen und sich zu offenbaren. Robert nahm das Buch und legte es sich auf den Bauch.

Ludwig kramte in seiner Lederumhängetasche und zog einen Umschlag hervor. Der Umschlag war pastellgrün, wie für Osterwünsche. Aber auf dem Umschlag stand nicht »Frohe Ostern«, sondern in schlanken hohen Druckbuchstaben: »Gute Besserung, Herr Zucker!« Unten rechts drängte sich an den Rand, viel kleiner, offensichtlich war der Platz nicht gut abgemessen: »GeschichtsLK, K12.«

Eine große zärtliche Rührung schwappte über Robert wie eine Welle an einem sonnigen Tag. Sie erfrischte ihn.

»Hast du ihnen das eingebläut?«, fragte er.

»Ich? Warum denn ich?«

»Der Religionslehrer und die christlichen Werte.«

»Bin ja sowieso bald kein Religionslehrer mehr, dann ist die Scheidung durch«, sagte Ludwig. Das Lächeln auf seinem hageren Gesicht wurde wieder schelmisch. »Jetzt mach halt auf.«

Der Umschlag war nur an einer kleinen Stelle zugeklebt. Robert konnte ihn leicht öffnen. Er zog eine Grußkarte hervor, die einen Sonnenuntergang an einem leeren Strand zeigte. Oder war es ein Sonnenaufgang? Die Botschaft war nicht ganz klar. Unten im Sand stand in wohlgemerkt roter Schrift: »Gute Besserung!« Der farbliche Kontrast war so gering, dass man die Worte kaum lesen konnte.

»Sieht eher aus wie eine Beileidskarte«, sagte Robert.

»Glaubst du, dass Achtzehnjährige so etwas oft machen?«, fragte Ludwig.

Robert hielt einen Finger schon im Karteninneren, sah aber noch diesen wehmütigen Sonnenuntergang an. Er musste tatsächlich an Beileidskarten denken. Vielleicht war er auch nur vorgeschädigt. Es war schließlich knapp gewesen. Mit der Sepsis. Er erinnerte sich an einen fast rauschartigen Zustand von Abgeschlagenheit. Plötzlich hatte die Zeit aufgehört, linear zu vergehen, wie sie es ansonsten angeblich tut. Und dann hatte er die Augen geöffnet und war wieder Robert gewesen. Aber die Füße waren immer noch nicht ausgeheilt. Erst seit ungefähr einer Woche war bei den Visiten der besorgte Gesichtsausdruck des Arztes einem nüchternen Gesichtsausdruck gewichen, und sie hatten den Narbenflüsterer zu ihm geschickt.

Robert gab der Karte mit dem Zeigefinger einen Schubs und öffnete sie. Innen war sie übersät mit Unterschriften. Wie Drohnen kreisten sie um den fett geschriebenen Satz: »Werden Sie bald wieder gesund!« Die Jungs hatten nur ihre Namen hinterlassen, die Mädels hatten bei jedem I Blümchen statt i-Punkten verwendet oder hatten fast unlesbar winzige Sprüche in Englisch dazugeschrieben, *»An apple a day keeps the doctor away«*, oder – Roberts Favorit – *»What doesn't kill you … «*

»Was mich nicht umbringt, macht mich stärker«, sagte Robert. Er war erschrocken, wie hämisch er klang. »Aber das hat mich wirklich fast umgebracht.«

»Ich wollte nicht fragen. Dachte, du musst schon genug drüber reden. Aber wie schaut's aus?«

»Stimmt, ich muss die ganze Zeit drüber reden. Dem entflieht man nicht«, sagte Robert, und blickte kurz zum Fenster. Dahinter war es sonnig wie eh und je. Robert hatte Jahre, vermutlich Jahrzehnte gebraucht, um zu lernen, sein gesundheitliches Pech hinzunehmen. Aber das Pech hatte sich mit diesem Vorfall vervielfacht. »Die Ärzte sagen, aus der kritischen Zone bin ich raus.«

»Kritische Zone klingt wie ein Gebiet zwischen zwei verfeindeten Ländern«, sagte Ludwig. Er stellte seine Ledertasche wieder auf dem Boden ab. Er musste sich also nicht beeilen und würde noch ein bisschen bleiben. »Du hast wirklich nichts gemerkt?« Wie alle anderen hatte er es sich also nicht verkneifen können, die Frage der Fragen zu stellen.

Robert sah zu den Gaben auf seinem Schoß hinunter: das Buch, die Karte. Die Karte steckte er zurück in den Umschlag. Dann fing er an, den Kopf zu schütteln, lange bevor er antwortete: »Bin doch kein Masochist. Nix hab ich gemerkt, gar nix.« Dann senkte er seinen Kopf. Er war beschämt. Nichts Geringeres als das: beschämt. Robert fühlte das Wort tief in seine Seele imprägniert. Er fing an, in dem Buch zu blättern. Vorne gab es eine Widmung, die hatte er übersehen, und Ludwig hatte ihn nicht darauf hingewiesen: »Viel Freude mit Davos in Murnau. Dein Ludwig«.

»Weißt du, was mir eine Schwester neulich gesagt hat?«

Ludwig schüttelte den Kopf.

»Insgeheim wissen alle Ärzte, sagte sie, wer nach Murnau kommt, für den heißt es: *To be or not to be.*«

Ludwig lächelte matt und rückte seine Brille zurecht.

»Immer und immer wieder hab ich an den Abend zurückgedacht«, sagte Robert, sah Ludwig nicht an, sondern blätterte weiter durch die ersten Seiten. »Es war nichts Besonderes. Hab währenddessen gar nix gespürt. Ich kau das durch wie im Fegefeuer.«

»Auch das Fegefeuer dauert nicht die Ewigkeit«, hörte er Ludwig sagen.

Robert blätterte und fürchtete, er müsste losheulen. Was war das mit Männern ab sechzig, dachte er, dass man so oft denkt, man müsse losheulen, nie davor in seinem Leben wollte er losheulen. In diesem Augenblick war es ihm egal, ob Ludwig das Badethermometer sehen würde. Im Gegenteil, er hoffte geradezu, irgendein taktloser Pfleger würde jetzt hereinkommen und die Konstruktion auf dem Nachttischchen zum Einsturz bringen, und Ludwig würde sich bücken, den Pinguin aufheben, und dann würde die Wahrheit rauskommen, dass er, Robert, mit zweiundsechzig Jahren tatsächlich etwas brauchte, das man für Babys kaufte.

Stattdessen sah Robert, wie Ludwigs Hand in sein Blickfeld geriet und nach dem Buch griff, er hörte, wie Ludwig sagte: »Soll ich noch mehr vorlesen?«

Robert blätterte vor. »Ja, hier«, sagte er, und reichte das übergewichtige Buch Ludwig. Dann lehnte er sich wieder zurück an das fast senkrecht gestellte Rückenteil seines Bettes und sah zum Fenster.

Ludwig gab sich Mühe. Er verhaspelte sich selten, und auch nur bei den verrücktesten Abfolgen von Adjektiven. Die Wörter, die die Sätze bildeten, welche die Geschichte erzählten, erreichten Robert und erreichten ihn auch wieder nicht. Er dachte an den sonnigen Krankenhausgarten unten, er dachte daran, wie unglaublich gerne er jetzt ein

Zigarillo in diesem sonnigen Garten rauchen würde. Paffen würde er das Zigarillo, genießerisch langsam. Und dann tauchte Ludwigs Stimme wieder auf, voll, nicht zu tief, und nur angedeutet nasal. Wieder lachte Robert. Erneut überkam ihn ein gewaltiges, fast schon gewaltsames Lachen. Ein paar Tränen rannen hinunter, und er konnte nicht mit Sicherheit sagen, ob diese Tränen ausschließlich vom Lachen kamen.

Es zuschlagend, legte Ludwig das Buch zur Seite. Man sah, er wollte es zunächst in Roberts Fußnähe legen, aber die Füße waren ja gefährliches und gesperrtes Gebiet, also legte er es auf den Bettrand. »Und, wie ist es hier?«, fragte er. »Das Essen.«

»Weiß nicht, wie es für die anderen ist. Was ich bekomme, ist ja das Diabetikeressen, verschärfter Grad. Mein Diabetes ist nichts für Anfänger. Hab jetzt schon abgenommen, obwohl ich nur herumliege.«

»Schaust fesch aus.«

Robert machte eine abwehrende Handbewegung, wie ein Mädchen, das das Kompliment für ein Kleid nicht annehmen will. »Heute gab's Auberginen mit Quinoa.«

»Was ist Quinoa?«

»Ein Pseudogetreide. Und ein Schmarrn ist es. Das ist es, was es ist.«

Ludwig blickte ihn an, und dann lachten sie beide drauflos. Ludwig rückte seine Brille zurecht. Das Gestell, dachte Robert, hatte sich seit zwanzig Jahren nicht verändert, nur die Dioptrienzahl der Gläser. Ludwig ging allgemein sehr pfleglich mit den Dingen seines Lebens um. Die Ledertasche war auch noch dieselbe wie zur Amtszeit Schröders.

Und Robert? Er konnte nicht einmal auf seine Füße aufpassen. Was eine Selbstverständlichkeit sein sollte. Wieder blickte er zum Fenster, und wieder gab er alles, um nicht loszuheulen. Die Scham erwärmte ihn von innen.

»Und wie schaut's aus mit Margarete?«, fragte Ludwig.

Robert drehte sich vom Fenster weg. Er hatte es nicht bewusst gesteuert, aber seine Lippen formten ein Lächeln. »Die kommt morgen wieder. Ist ja doch keine kurze Fahrt. Aber wir schreiben uns jeden Tag.«

»Also läuft's gut?!«

»Wie soll's schon laufen? Einmonatiges Jubiläum gefeiert. Mit Rivaner angestoßen. Und dann das da.«

»Ab wann galt das Jubiläum?«

»Ab dem ersten Kuss.«

»Macht Sinn.«

»Und Laura?«, fragte Robert.

»Leidiges Thema«, sagte Ludwig. »Ganz leidiges. Ohne die Termine mit den Scheidungsanwälten würd die mich mit der linken Arschbacke nicht anschauen. Da ist so ein Hass in ihrem Blick. Als wär sie irre. Irre vor Hass. Wie ein Hund mit Tollwut. Wie ein Rind mit BSE.«

»Du vergleichst deine Ex mit einem Rindvieh?«

»Nur, wenn du's nicht weitersagst.«

Robert nickte. Moderates Leid anderer war manchmal der wirkungsvollste Trost für einen selbst. Er dachte, dass Ludwig das wusste, besonders als Religionslehrer, wenn auch bald aus offensichtlichen Gründen, ehemaliger. Und Robert war dankbar.

Dann schwiegen sie ein bisschen.

In einem Krankenhaus ist es nie ganz leise. Und doch

war es nun leise genug. Das Klingeln auf dem Flur und die Vögel im Garten und dass jemand sportlich schnell an der Zimmertür vorbeilief, ergab für Robert in diesem Schweigen mit Ludwig nichts Beängstigendes mehr, sondern etwas Tröstliches, fast wie die Geräusche eines Sommertages, wenn man die Augen schloss.

»Mach mich mal auf den Rückweg, oder?«, sagte Ludwig gegen Ende des Schweigens. Er fragte es und nahm seine Tasche nicht hoch, bis Robert bejahte.

Sie verabschiedeten sich, umarmten einander, und Robert sah vor sich, wie Ludwig die sonnenbeschienene Autobahn nach Hause fuhr, das Verdeck nach unten geklappt, und trotz aller Maßnahmen vor gleißender Helligkeit die Straße kaum erkennen konnte.

Robert dachte an dieses Bild von seinem Freund auf der Nachhausefahrt, Ludwig war schon seit einer Viertelstunde weg, als vor seiner Zimmertür im Flur wieder eine Schwester vorbeilief. Ja, sie rannte geradezu. Und wieder fühlte es sich beängstigend an wie eh und je. Es war beängstigend, an einem Ort zu sein, an dem es einen Unterschied machte, ob man zu den Leuten ging oder lief.

Das Glas samt Wasserkaraffe standen auf dem Nachttischchen irgendwo unter der *Süddeutschen*. Diese Konstruktion war verwegen. Robert legte die in ihre Ressorts filetierte Zeitung um, und goss sich das Glas ein. Er hielt es mit beiden Händen, während er trank, ungelenk wie ein Kind.

Nun musste man wieder warten. Auf Margaretes Nachrichten, auf ihren Besuch, auf Ludwig, auf die Geduld der eigenen Schüler und vor allem der Abiturienten, auf Heilung.

Schüchtern klopfte es an der Tür. Robert stellte das Wasserglas weg. Ohne eine Antwort abzuwarten, wurde die Tür geöffnet. Bei diesem Klopfverhalten konnte es nur eine Person sein. Sven. Der Narbenflüsterer.

»Guten Abend, Herr Zucker«, sagte er.

»Ist schon Abend?«

»Beinah«, sagte Sven, ein jüngerer Mann mit geschorenem grauem Haar. Er blieb kurz stehen und blickte zum Fenster. Dabei sah er aus, als würde er das Nachdenken imitieren.

»Fangen wir an?«, sagte er.

Der Narbenflüsterer hatte ein Köfferchen dabei. Es enthielt Metallinstrumente mit unterschiedlich großen Kugeln an einem Ende, Metallinstrumente, die Robert in dieser Form noch nie zuvor gesehen hatte. Er hätte auch locker weiterleben können, ohne je zu erfahren, wozu sie gut waren.

Robert setzte sich aufrecht hin. Der Narbenflüsterer war höflich und fragte vor jedem Handgriff um Erlaubnis. Also fragte er, bevor er die Decke zurückschlug. Aber er schlug sie ja nicht zurück, er legte vielmehr Roberts Füße frei wie bei einer Operation. Und trotzdem hatte das für Robert immer – aber auch wirklich immer – etwas Schockierendes. Denn dort unten, aus den hochgekrempelten Pyjamabeinen, lugten sie hervor wie feindliche Fremdkörper: die Füße.

Schon längst wollten sie kein Teil mehr von ihm sein, und jetzt waren sie auch noch beleidigt. Aber das ist es ja, was einen am Menschsein bisweilen rasend machen konnte: Man gewöhnte sich an alles.

Der Narbenflüsterer begann den losen Verband aufzuwickeln.

»Besuch gehabt heute?«, fragte er. Ohne Robert ins Gesicht zu sehen, machte er mit gründlichen gefassten Bewegungen weiter.

»Ja, mein Kollege. Mein alter Freund Ludwig. Er hat mir ein Geschenk mitgebracht.«

»Ein Geschenk«, sagte der Narbenflüsterer. Zwei Falten zwischen seinen Augenbrauen bildeten sich, als ein Fuß entblößt war.

Robert wartete. Aber der Narbenflüsterer fragte nicht nach, um welches Geschenk es sich handelte. Robert wusste, Sven war weder unfreundlich noch fehlte es ihm an Mitgefühl, er war nur ein großer Freund der Konzentration. Ein Gespräch führen, sei es auch nur ein belangloses, und gleichzeitig seine Arbeit verrichten war ihm unmöglich. »Deshalb werde ich oft missverstanden«, hatte er zu Beginn Robert gesagt, während seine Augen, die schon eine lange Revue von Narben gesehen hatten, sich senkten. Robert hatte als Bestätigung, dass er verstanden hatte, gesagt: »Koncentration«, und das Z als S spanisch ausgesprochen, oder besser gesagt wie ein prätentiöser Snob, der das zischende S betont, um zu zeigen, dass er es kann. Als Antwort hatte der Narbenflüsterer ihn nur verständnislos angesehen. Robert wusste nicht, was über ihn gekommen war. Meine Güte, er war Geschichts- und Deutschlehrer, wie kam er zu so einem Witz? Vielleicht war es nur die Albernheit, die sich klebrig über ihn legte und verhinderte, darüber nachdenken zu müssen, weshalb er überhaupt mit einem Spezialisten wie diesem zu tun haben musste.

Wie dem auch sei, Robert nahm seitdem Svens Schweigen nicht mehr persönlich. Im Gegenteil. In Gedanken schweifte er ab und dachte nach, während an ihm gewerkelt wurde. Hauptsache nicht hinsehen. Dieses Mal sah er kurz hin. Ganz kurz nur. Und sofort weg, zum Fenster. Das, was er in dieser Kleinsteinheit einer Sekunde gesehen hatte, erinnerte ihn an die fleischlichen Verwinkelungen roher Gehirnmasse.

Robert wusste nicht, wie oft er es noch durchgehen würde. Ludwig hatte gesagt, das Fegefeuer ist nicht für immer, aber Robert fand, wenn man mittendrin steckte, fühlte es sich verdammt noch mal nach der Ewigkeit an. Und wieder ging er es durch. Und wieder fand er nichts Besonderes dabei. Es war Abend gewesen, Robert hatte gerade mit Margarete telefoniert, die Nacht davor hatte sie bei ihm verbracht, die nächste Nacht sollte sie wiederkommen, er hatte sich ein Pils aufgemacht und sah aus dem Fenster auf die Umrisse des Dorfes. Ein paar kalte Nächte waren herangerollt. Robert war mit dem Bier in das Bad gegangen, und hatte das Wasser in der Badewanne angemacht.

Er drehte das Wasser auf, wie er es immer tat. Aber vielleicht war es doch anders? Vielleicht war der Winkel des Hebels anders, und er hatte nicht darauf geachtet? Aber sicher nicht absichtlich. Robert trank das Bier in bescheidenen Schlucken, denn er trank immer nur ein Bier, also musste man das Bier in die Länge des Abends ziehen, es mal absetzen, dann wieder davon trinken, aber nie aus Durst. Während er also vom Bier trank, zog er den Hebel auf und war in Gedanken. Aber wer ist schon nicht in Gedanken? Und der einzige Grund, warum er in Gedanken war, der einzige Grund, warum das »Objekt« nun auf seinem Nachttisch lag, war doch Simon gewesen. Einige Leute wird man nicht los. Familie wird man nicht los. Kollegen wird man nicht los. Robert hatte einen Schluck Pils im Mund, ließ Wasser einlaufen und dachte halb belustigt, halb erzürnt an Simon.

Robert hatte Kaffee aus seiner Lehrerzimmertasse getrunken. Die Tasse war einst Werbegeschenk einer Wanderausrüstungsfirma gewesen. Der kleine Wanderer auf ihr kraxelte immer noch ungestüm in die Höhe, während der Firmenname bis zur Unkenntlichkeit verblichen war. Robert hatte in dem fast leeren Lehrerzimmer gesessen, den Kaffee getrunken und das Feuilleton gelesen. War das zu viel verlangt? Aber dann war Simon mit verzweifelter Miene hereingekommen, hatte sich wie selbstverständlich an Roberts Tisch gesetzt und begonnen, von dem Spinat zu erzählen, den Radieschen und noch ungefähr fünfzigtausend anderen Pflanzen in seinem gigantischen Garten, die allesamt die letzten kalten Nächte nicht vertragen hatten. Robert hatte genickt und versucht, heimlich den Schluss einer Buchrezension zu lesen. Welche Pflanzen abgedeckt werden mussten, welche Zwiebeln man jetzt erst nach den kalten Ausnahmenächten einpflanzen durfte, Simon hatte immer weiter erzählt. Simon, der in regelmäßigen Abständen das Lehrerzimmer mit seinen Zucchini beehrte, die so groß waren wie phallische Fruchtbarkeitsknüppel irgendwelcher uralter Völker. Und während Simon sprach, war die Pause dahingeschmolzen. Für die somit fehlende Pause, hatte Robert gedacht, würde er sich am Abend mit einem Bad belohnen. Der Ärger hatte also zum Bad geführt, und noch während er das Bad einlaufen ließ, dachte er über den Ärger nach.

Die Gärtner sind genauso schlimm wie die Angler. Nein, schlimmer! Die Epen von Erfolgen und Untergängen hörten nie auf bei ihnen. Während Robert dieser Gedanke kam, sah er, dass sich die Pfütze in der Wanne verwandelt hatte in eine ansehnliche Ansammlung von Wasser, in die Robert einen Verschlussdeckel dunkelgrünen Latschenkieferschaumbads schüttete. Dieser schwere Waldduft passte nicht in den April, aber er entspannte Robert und ließ ihn nicht mehr an Gärten denken und den nervösen Vorabiturienten in seinem Leistungskurs, der durchzufallen drohte.

Wenn man die Deckenleuchte im Badezimmer einschaltete, brannte nur noch eine letzte Glühlampe aus der ursprünglichen Reihe von vier. Robert sah sie sich an. Seit Jahren hätte man die drei anderen Kapitulanten auswechseln müssen, aber er hatte irgendwann bemerkt, dass er das schummrige Licht mochte. Nun war es also schummrig, und es duftete nach nassem Wald. Robert schloss die Tür, stellte das Pils auf eine freie Ecke der Wanne und begann, sich auszuziehen. Es ging alles schnell. Er dachte an die verkürzte Pause im Lehrerzimmer, immer noch wünschte er Simons Radieschen Tod und Verderben; und er überlegte, dass, wenn der betreffende Schüler wenigstens in Mathematik besser wäre, man ihn in einen Dreier-Durchschnitt retten könnte. Der Schaum erhob sich unter dem Hahn in beträchtliche Anhöhen, wobei ein Tunnel für das fließende

Wasser frei blieb; es dampfte; Robert stieg in das Wasser. Er stand in der Wanne, nahm das Pils und sah sich um. Wie ein einsamer Schwimmer in einem See, der Respekt hat vor der Tiefe und der Kälte und den Kreaturen am Grund. Robert beugte sich hinunter, um mit der freien Hand durch das Wasser zu streichen. Erschrocken richtete er sich wieder auf. Das Wasser war heiß. Es war so heiß, dass er nicht glauben konnte, wie heiß es war. Er sah seine Füße an, die darin standen. Nachdem Robert das Wasser ausgemacht hatte, inspizierte er den Hebel, er war fast vollständig in Richtung des roten Halbmondes gedreht.

Vielleicht war alles ein Missverständnis. Robert bückte sich erneut und senkte seinen Unterarm in das Wasser. Er hielt es nicht aus, er musste aufschreien. Ohne ein Handtuch zu nehmen, sprang er regelrecht aus der Wanne auf den Badvorleger. Angst breitete sich pochend in ihm aus. Die kühle Bierflasche in seiner Hand fühlte sich wie etwas aus einer längst vergangenen Zeit an. In seiner Nacktheit und Furcht stand Robert tatenlos da und sah zu seinen Füßen hinunter. Schaum und Wasser trieften von ihnen und sickerten in den Badvorleger. Bedrohlich triefte der Schaum von ihnen. Bedrohlich. Man sah die Haut nicht. Schnellstens, bevor er es sich anders überlegen konnte, strich Robert den Schaum am rechten Fuß weg. Die Haut war rot, und an einer Stelle war eine seltsame Wölbung, die er zuvor nie bemerkt hatte. Gut, sein Fuß war rot. Rot war zu erwarten. Rot war kein so großes Problem, oder?

Robert schnaufte. Der Narbenflüsterer beugte sich vor. »Alles paletti, Herr Zucker?«

»Kann man sagen.«

»Dann mach ich jetzt weiter?«

»Ich kann's kaum erwarten.«

Sven reagierte verzögert mit einem Lächeln auf den kleinen Witz, kurz darauf sah Robert wieder die grauen Stoppeln vor sich.

Er dachte daran, wie sehr er sich verschätzt hatte. Es war fast komisch. Am nächsten Tag – der Schreck war trügerisch verflogen – war Robert aus der Schule zurückgekommen, und hatte sich ein wenig seinen Füßen widmen wollen, für die er seit dem Badevorfall ein fast mütterliches Mitleid hegte. Als er die Schuhe und die Socken ausgezogen hatte, betrachtete er sie. Er hatte auf einmal seinen Rachen gespürt und geglaubt, er müsste sich übergeben von dem Anblick, denn: Sie hatten sich ver-än-dert.

Ruhig war Robert aufgestanden, hatte sein Telefon aus der Lehrertasche genommen und Xaver Engerer angerufen, den einzigen Taxifahrer des Dorfes.

»Xaver, ich brauch deine Hilfe. Holst mich ab?«

»Du, ich jausele grad. Geht's auch in einer Viertelstunde?«

»Geht auch.«

»Bis gleich.«

Ab diesem Zeitpunkt hatte Robert versucht, seine Füße nicht mehr anzusehen. Er hatte sich neue Socken angezogen, weiße, und darüber Badelatschen, auch weiße, mit schwarzen Streifen. Er hatte Margarete geschrieben und ihr so knapp wie möglich erklärt, was passiert war. Eine Viertelstunde später hatte er in seiner Einfahrt mit einer gepackten Sporttasche gestanden, als das Taxi einbog.

Zum Verrücktwerden gut gelaunt, war Xaver aus dem Taxi gestiegen, immer noch dabei, sich mit Zungenverrenkungen die Reste seiner Mittagspause zu gönnen. Er hatte nach Roberts Tasche gegriffen und gefragt, wo es hinging.

»In die Klinik«, hatte Robert gesagt.

Und das war es gewesen. Keine Sirenen, kein Geschrei – vor allem nicht vor Schmerzen –, die Dramatik fehlte. Dumpf war es passiert. Während der Taxifahrt hatte Robert in den sonnigen Tag hinausgeschaut. Xaver hatte gebrabbelt ohne Ende. Robert hatte nicht hingehört. Er hatte nicht gewusst, was er fühlte für diese seltsame Person, die er selbst war: Mitleid? Ekel? Ärger? Enttäuschung? Seine Schüler waren hormonell verwirrt und wussten nicht, was sie fühlten. Irgendwann sollte er ihnen sagen, so unter der Hand und wohlmeinend, dass sich das nie ändern würde.

Sie waren durch die Straßen zur Kreisklinik gefahren, und Robert hatte auf jede Einzelheit geachtet. Er hatte sich alles einprägen wollen. Kurz, bevor sie ankamen, hatte er nach unten zu seinen Füßen geblickt in den weißen Socken in den Badelatschen: Wie herrlich harmlos sie doch aussahen. Und dann hatte alles angefangen.

FRIEDRICH DÜRRENMATT

Ein moderner Tell

Er ist ein Handlungsreisender einer Fabrik für Küchengeräte. In seinem Dorf finden jährlich Tellfestspiele statt, wobei er den Wilhelm Tell spielt und sich dazu einen Bart wachsen lässt, sodass er wie Hodlers Tell aussieht. Nach der letzten Aufführung wird eine Nacht durchgefeiert. Unausgeschlafen muss der Handlungsreisende mit seinem Opel, eine neue Fruchtpresse in den Handel zu bringen, nach Italien reisen. Übermüdet wie er ist, überfährt er gegen Abend, kurz bevor er an seinem Bestimmungsort angekommen ist, mitten auf dem Marktplatz eines Städtchens einen Mann. Er sieht, kurz am Steuer eingenickt, noch ein wütendes, fleischiges, hochrotes Gesicht unter der Motorhaube verschwinden, ein mächtiges Rumpeln, eine erstarrte Menschenmasse, er gibt Gas und fährt durch auseinanderstiebende Menschen davon, hält in der nächsten Stadt, seinem Bestimmungsort, parkt vor dem Hotel, wo er immer absteigt, wirft sich in seinem Zimmer aufs Bett und schläft ein. Am nächsten Morgen erst wird ihm bewusst, dass er einen Menschen überfahren und Fahrerflucht begangen hat. Er wartet auf die Polizei. Niemand kommt. Er geht seinen Geschäften nach. Für die Fruchtpresse interessiert sich niemand. Die Polizei kommt immer noch nicht. Am Abend könnte er weiterreisen. Er bleibt. Die Polizei kommt immer noch nicht. Er bleibt auch am nächsten Tag. Nichts. Die Fahrerflucht scheint geglückt, aber am dritten Tag kehrt er ins Städtchen zurück. Er gerät in eine große Beerdigung, hält an. Er fragt, wer beerdigt werde? Der Bürgermeister. Wie er gestorben sei? Von einem Auto überfahren. Er schließt sich dem Trauerzug an. Eine offenbar noch sehr junge, aber tief verschleierte Witwe. Ihm ist, als werde er von allen Seiten aufmerksam beobachtet, als könnte sich die Menge jederzeit auf ihn stürzen. Vor seinem Auto steht ein Polizist. Er weicht in eine Gasse zurück. Kinder folgen ihm. Dann ein Mann, immer mehr. Die Nacht bricht an. Jemand klammert sich an ihn, eine junge Frau. Sie sei die Witwe, flüstert sie, zieht ihn in ihr Haus. »Danke«, sagt sie immer wieder, »danke«, bewirtet ihn, geht mit ihm ins Bett. Frühmorgens schleicht er sich aus dem Haus. Auf dem Marktplatz steht sein Auto. Er setzt sich hinters Steuer, will starten. Da kommen aus allen Häusern und Gassen Menschen, Männer, Weiber, Kinder. *Molte grazie, grazie infinite.* Er hat das Dorf von einem Tyrannen befreit. Mit Geschenken überhäuft, den Wagen voller Salami, Chianti, Parmaschinken, blumenbekränzt, fährt er zum Städtchen hinaus.

NOEMI SOMALVICO

Gottes erste Bitte

Schwein sagt eines Mittags, als es mit Dachs und Gott in der Küche sitzt, es falle ihm schwer, niemandem von Gott zu erzählen, vor allem dann nicht, wenn seine Bekannten sich vor dem Essen bei Gott bedanken.

Schwein möchte ihnen dann sagen: »Wollt ihr nicht persönlich vorbeigehen?«

Oder: »Ich kenne Gott und ich kann ihm euren Dank für das Essen sonst ausrichten.«

Oder: »Gott hört uns nicht, wenn wir Danke sagen, er ist wahrscheinlich selbst grad am Essen.«

Schwein zieht eine alte Zahnarztrechnung aus der Tasche seines Overalls, auf deren Rückseite Fragen notiert sind.

»Da ich –«

Schwein räuspert sich.

»Da ich in deiner Anwesenheit oft vergesse, was ich fragen wollte, habe ich meine Fragen aufgeschrieben. Ich fange oben an. Erstens … Hast du ein Inventar der Erde?«

Schwein rückt wie eine wichtige Beamtin den roten Hut zurecht.

Gott muss lachen.

Schwein fügt hinzu: »Wie viele Ratten gibt es auf der Erde?«

»Kanalratten?«, fragt Gott.

»Zum Beispiel.«

Gott sagt eine lange Zahl.

»Was?« Jetzt lacht Dachs.

»So genau hat noch nie jemand gefragt«, sagt Gott.

»Und wie viele Tulpen?«

»Blühende!«, wirft Dachs ein.

Gott sagt: »Achthundertmillionendreihundertvierundsechzigtausendzweihundertundacht.«

»Nicht etwa Achthundertmillionendreihundertvierundsechzigtausendzweihundertundelf?«, fragt Dachs, aber Schwein unterbricht diese Albernheit und stellt Frage Nummer zwei: »Können Götter Kinder haben?«

So geht es den ganzen Abend lang weiter.

»Wer ist deine Mutter? Hast du den Tod erfunden? Das Wasser? Und was hast du davor gemacht?«

Gottes Wangen glühen. Sie arbeiten Frage um Frage durch.

»Wie kam dir die Idee für die Erde, gibt es ein Schicksal und wenn ja, kann man es irgendwo nachlesen? Warst du mal verheiratet, woran glaubst du, kennst du uns alle? Und was ist das Schönste, was du je geschaffen hast?«

Jetzt glüht Gottes ganzer Kopf.

Noch nie zuvor wurden ihm auf einmal so viele Fragen gestellt, und nie zuvor hat sich jemand tatsächlich für die Antworten interessiert, so wie Dachs und Schwein, die ihm wie zwei alte Freunde zuhören und blöde Witze machen.

Als Schwein und Dachs sich an jenem Abend verabschieden, fragt Gott: »Könnt ihr mich mitnehmen?«

Es ist die erste Bitte, die Gott an seine Schöpfung stellt, und die Dringlichkeit, die daraus spricht, schnürt Dachs den Hals zu. Nie würde Dachs jetzt wagen, *Nein* zu sagen oder *Ich weiss nicht*. Er schluckt den Zweifel, dass der Apparat bei dem Versuch in die Brüche gehen wird und Schwein und Dachs nie mehr zurück auf die Erde gelangen oder alle drei in irgendeinem Zwischenort landen oder ersticken oder zerschellen, wie einen zu grossen Schluck Wasser runter und sagt: »Also gut.«

Gott will noch ein paar Dinge packen.

Dachs und Schwein warten im Eingang. Schwein trippelt auf und ab.

»Er kann bei mir wohnen, ich hab ein Ausziehsofa.«

Dachs nickt, in der Stube rumpelt es.

Gott kommt zurück, er ist hochrot vor Aufregung und trägt auf seinem breiten Rücken einen Rucksack, den er bei einer Sportveranstaltung gewonnen hat.

»Es ist besser, wenn du die Augen schliesst«, sagt Schwein, »es wird dir weniger schwindelig.«

Und in einem Anflug von Freude schlingt es seine Arme um Gottes Bauch.

Zurück in Dachses Werkstatt gucken Schwein und Dachs hinter den Türen.

»Nanu?«, sagt Schwein. Es sieht in der Quadratküche nach, unter der Treppe, rund um das Bretterhaus, es sucht bei den Briefkästen und in der nahegelegenen Tiefgarage. Gott scheint nicht auf der Erde gelandet zu sein. Dann ist Gott im Geröll, denkt Schwein. Es stellt sich ihn an einem rauen Abhang vor. Inmitten von grauem, glattem Schiefer, um ihn herum: Nebelschwaden.

Dachs hat das Wort an Gott gerichtet. Er schaut zur Decke und durch die Decke sozusagen in den Himmel und durch den Himmel sozusagen durchs System und durch das System in Gottes Stube.

»Gott«, sagt Dachs, »hier spricht Dachs.« Er spricht seriös, da er sich vorstellt, Gott stünde enttäuscht vor seiner Erde und sei für keinen Scherz zu haben.

»Der Versuch ist offenbar gescheitert. Wir können dich nicht wechseln.«

Es kommt Dachs vor, als spräche er auf einen Anrufbeantworter, seine Stimme klingt nüchtern und komisch belegt.

»Aber wie gesagt, es ist nicht geklärt, ob es überhaupt eine gute Idee ist. Du auf der Erde –« Dachs stellt sich die Fernbrille vor, die nun auf ihn gerichtet ist und Gottes offenen Mund. Er will sich nicht anmassen, Gott zu sagen, was er für richtig hält, und bricht seine Rede ab.

»Wo ist er?« Schwein kommt herein.

»Er ist oben geblieben«, sagt Dachs. »Wohl kann er nicht *Zurück,* wenn er nie *Hin* gegangen ist.«

»Ist er noch in der Leitung?«, fragt Schwein.

Es schaut durch die Decke hoch in Gottes Stube.

»Es tut uns leid«, ruft Schwein etwas zu laut »wohl kannst du nicht dorthin zurück, wo du nie warst.«

Schwein sieht zu Dachs rüber, der über einen Metallzylinder gebeugt irgendwelche Masse nimmt, und dann sieht es wieder zur Decke.

»Wir kommen morgen vorbei, okay?« Schwein winkt.

»Wie wissen wir eigentlich, ob er uns hört?«, fragt es.

»Wissen wir nicht«, sagt Dachs.

»Er könnte uns ein Zeichen geben«, sagt Schwein nachdenklich. »Ein Erdbeben oder ein Gewitterchen.«

Nun warten sie beide darauf, dass irgendetwas geschieht, dass Wolken sich am Himmel zusammenbrauen zum Beispiel und eine einwandfreie Kugel bilden, die als riesiger Wolkenball gemächlich in die Ferne schwebt.

Da nichts passiert, ausser dass draussen Nacht wird, sagt Schwein: »Ich fahr nach Hause, holst du mich am Morgen ab?«

Es hält seinen Hut mit dem linken Huf fest, während es energisch in die Pedale tritt, sodass es wie auf einem schnellen Ritt hochgehoben wird.

Als es die Wohnung aufschliessen will, dreht der Schlüssel vergeblich im Schloss. So unbekümmert bin ich schon, denkt Schwein, dass ich die Tür zuzuschliessen vergesse. Und es fragt sich, ob wohl auch die Herdplatte noch brennt, seit gestern.

In Gottes Gang liegt ein Fisch.

Eben ist Gott in seiner Wohnung und nicht auf seiner eigenen Erde gelandet.

Bevor er darüber hätte enttäuscht sein können, entdeckte er diesen riesigen, blauen Fisch. Gott hat ihn erfunden.

Vor langer Zeit einmal und in einem gänzlich anderen Format. Die Grösse, die ein Fisch seiner Art normalerweise erreicht, beträgt einen halben Meter.

Dieser Fisch ist mindestens viermal so gross. Er steckt wie ein Speer im Eingang, seine Schwanzflosse ist im

Schuhregal verkeilt, der Kopf drückt die Wand gegenüber ein.

Der Fisch schielt zu Gott. Die Haut rund um seine Augen ist gelb gesprenkelt.

Gott sagt: »Hallo.«

Der Fisch sagt nichts. Es sieht aus, als sei er schon ewig hier in Gottes Gang eingeklemmt und warte darauf, dass jemand nach Hause kehrt und ihn rausmurkst.

Gott geht ins Bad, in den einzigen Raum der Wohnung, zu dem er noch Zugang hat, ohne den Fisch überqueren zu müssen. Er setzt sich auf den Wannenrand. Auf seinem Rücken sitzt immer noch der kleine Rucksack, den er bei einer Sportveranstaltung gewonnen hat.

Reh hat bei der Tankstelle Taschentücher gekauft und eine Flasche Gin. Es gab den PIN seiner Bankkarte ein, einmal, und er stimmte.

Es ging den Gebüschen entlang, sodass ihm Zweiglein gegen die Stirn schlugen, blieb stehen, trank. Wünschte sich, dass es regnen würde. Immerhin: Es wurde dunkel.

Auf dem Weg zu seiner Wohnung macht Reh einen Zwischenhalt bei Schweins Block. Schwein öffnet sofort.

Es zieht Reh aus dem Flur und in die Küche.

Reh redet. Dann schauen sie ein Musikvideo: Ein Lama und ein Löwe tanzen einen betörenden Tanz. Zuerst in den Strassen einer Grossstadt, danach auf einer Brücke.

Sie tanzen eng, und die Musik tut, als könnte sie fliegen.

Schwein wechselt zu einer Yogastunde. Ein Schaf dehnt sich. Hin und wieder sagt es: »Und tief, tief einatmen. Und tief, tief ausatmen.« Und zieht dabei die Wörter unaushaltbar in die Länge. Rehs Augen ruhen auf dem Schaf, ohne etwas zu sehen.

Schwein holt Schokolade.

»Die ist vom letzten Winter.«

In ihren Mündern mahlen die Zähne, Reh kaut, bis der Stein Matsch geworden ist und ohne Aufwand in die Speiseröhre rutscht.

»Ich habe begonnen – und das macht mein Leben irgendwie einfacher –«, beginnt Schwein, »mich aus mir selbst zu nehmen, aus mir herauszutreten sozusagen, um mich von aussen zu betrachten ... Weisst du, was ich meine? Es wird alles relativer dadurch, sagt man das so, relativer?«

Von Reh wird nicht erwartet, dass es nickt.

»Als schaue ich einen Film über mich selbst.«

Schwein lächelt und wirkt weise.

»Ich glaube, ich war noch nie so traurig«, sagt Reh.

»Und wenn du jetzt versuchst, dieses Filmding zu machen«, fragt Schwein vorsichtig, »dich von aussen anschaust?« Es legt einen Huf auf Rehs Rücken.

»Dann hab ich nur noch mehr Mitleid mit mir selbst«, sagt Reh, und seine Tränen tropfen auf den Stein und weichen ihn auf.

Hirsch hat gesagt: »Wir passen einfach nicht zusammen.« Dann ist er auf das Velo gestiegen und mit seinem Geweih, das sich so unbewegt auf seinem Kopf hielt, davongefahren. Als gäbe es Dinge, über die es sich nicht lohnt, zweimal nachzudenken.

»Leg dich ein bisschen in mein Bett«, rät Schwein.

Also geht Reh in Schweins Zimmer. Schweins Kleider liegen unordentlich am Boden herum. Von der Decke baumeln drei getrocknete Rosen. Es riecht nach Duftkerze.

Das sind die Dinge, die man weiss und die man benennen kann. Das Zimmer hat zwei Fenster. Beide sind geschlossen. Die Vorhänge sind fransig, grau. Auf dem Nachttisch steht in grellen Farben eine winkende Katze. Reh zieht das zu kleine Duvet über seinen Körper und löscht das Licht.

»Wir sind alle einsam«, hat Hirsch einmal gesagt.

Reh hat nur gelächelt, da diese Aussage angesichts seiner Nähe zu Hirsch gerade gar nicht zutraf.

Es hört Schwein abwaschen, und es hört Schwein im Gespräch mit sich selbst. Nach einigen Badezimmergeräuschen tappt Schwein mit einer Taschenlampe ins Zimmer.

Aus einem der Kleiderhaufen zieht es zielsicher einen Pyjama.

»Die lockt das Glück an«, sagt Schwein und leuchtet der Katze ins Gesicht.

»Ach ja?«, murmelt Reh.

»Und das Unglück hält sie fern.«

Schwein kichert. Kurz sieht es aus, als werde es nun eine grosse Geschichte ausbreiten, stattdessen bettet es sich neben Reh. Es sorgt dafür, dass stets ein Bein oder sein ganzer Rücken gegen Rehs Körper drückt. Reh soll wissen, dass Schwein sich nicht verschieben oder gar verschwinden wird.

In der Stube blinkt das System. Gott geht daran vorbei. Mit einem Brot in der Hand klopft er an der Badezimmertüre.

Der Fisch ist auch noch wach. Seine Augen stehen weit offen, sie schimmern weiss, und der Körper schimmert blau, als wären die Schuppen immer noch nass. Die Badewanne müsste dreimal so gross sein, um den Fisch zu fassen, seine Schwanzflosse flappt über den Wannenrand und auf die weissen Kacheln.

»Hast du Hunger?«, fragt Gott. Er setzt sich auf den WC-Deckel.

»Nein?« Gott legt nun Brotkrümel in den Fischmund und linst in den Rachen. Der Fisch schluckt nicht, er guckt nur, und die Brösel fallen in die Tiefe. Hat es dir wohl die Sprache verschlagen, denkt Gott. Als er eine Trosthand auf die Fischflosse legen will, geht ein Ruck durch den Fisch.

»Es tut mir leid!« Gott zieht die Hand zurück. Er hat mit einem Kurzschluss nicht gerechnet, auch nicht mit einem, der einen Fisch aus einem Meer reissen und in seinen Gang werfen würde.

»Ich bring dich morgen zurück«, verspricht Gott, obschon er keine Ahnung hat, wie er das anstellen wird.

Nach der Fütterung holt er das Radio aus der Küche. Er schaltet durch die verschiedenen Kanäle, bis er den Sender mit den Naturgeräuschen gefunden hat. Auf das Windrauschen folgt das Glucksen eines Flusses, dann spielen sie das Murmeln von Steinen unter Wasser ab. Die Qualität der Aufnahme ist nicht sonderlich gut. Aber Gott sieht, wie der Fisch müde wird, wie sich seine Lider senken. »Wo ist dein Meer?«, flüstert er. Das Meer, dem jetzt dieser Fisch fehlt.

Reh kann nicht sagen, dass die Zeit vergeht, aber es kann auch nicht das Gegenteil behaupten.

Unter dem Wachsblick der Glückskatze ist Schwein eingeschlafen. Der Verkehr draussen schläft nicht, immer wieder rauscht ein Auto durch die Nacht. Reh steht auf. In der Küche nimmt es mit geschlossenen Augen einen grossen Schluck aus der Ginflasche. Als es die Augen wieder öffnet, sieht es, wie ein Dachs Schweins Kühlschrank aufmacht. Der Dachs sieht echt aus, Reh blinzelt.

Er sagt: »Morgen«, und schüttet Haferflocken in eine Schale.

Reh hat noch nie gesehen, dass jemand die Flocken in die Milch statt die Milch in die Flocken schüttet.

»Ich mache das umgekehrt«, sagt es.

Der Dachs rührt die Haferflocken ein. Sie wollen sich nicht unter die Milchoberfläche drücken lassen.

»Ich bevorzuge es, wenn ich die Flocken der Milchmenge anpassen kann.«

Der Dachs lächelt und setzt sich an Schweins Küchentisch.

»Woher kennen Sie Schwein?«, fragt er und beginnt zu essen.

Der Dachs trägt eine runde Brille, die ihn sehr schlau aussehen lässt.

Er sagt: »Sie haben Flecken rund um die Augen.«

Reh fragt sich, wie Dachs das wissen kann, wo er von seiner Milchsuppe gar nicht aufschaut.

Es beugt den Kopf, um sich in der Spiegelung des Backofenfensters anzuschauen.

»Kommen Sie mit aufs Dach?«, fragt Dachs.

Und dort sitzen sie dann und hören den Wind, der an den Ziegeln rüttelt, und Dachs, wie er sich am Rücken kratzt.

»Man müsste zurückspulen können«, sagt Reh, nachdem lange keiner etwas gesagt hat.

»Wir wieder runter vom Dach?«, fragt Dachs.

»Ja. Alles passiert rückwärts: Wir gehen rückwärts in die Küche, wo wir uns rückwärts begegnen. Ich gehe zurück ins Bett, und die Sonne geht rückwärts wieder unter.«

Reh klopft mit dem Huf gegen das Dach, es scheppert.

»Ich gehe gestern zurück zur Tankstelle, ich kriege das Geld zurück, und der Gin geht zurück ins Regal, und die Nastücher sind sauber und gefaltet. Die Tränen verschwinden im Tränenkanal. Hirsch fährt mit seinem Velo zurück zu diesem Fleck, wo er mich stehengelassen hat. Ich sage *Bitte geh nicht.*«

»Thcin heg ettib« sagt Dachs.

»Und die Wolken ziehen rückwärts über den Himmel. Wir treffen uns vier Mal rückwärts, wir verlieren nach und nach, was wir übereinander wissen, bis wir uns nie gekannt haben.«

Reh verstummt. Die Nacht ist schon am Aufhellen, und sie sehen das Laub vom letzten Herbst in der Regenrinne.

Dachs zieht etwas aus der Tasche. Es sieht aus wie eine Stoppuhr.

»Damit kannst du nicht zurückspulen, aber wenn du den roten Knopf drückst, kannst du die Gegenwart aufnehmen. Record. Mit dem gelben kannst du sie wiedererleben, Play«, sagt Dachs.

Er überreicht Reh das Gerät.

»Du kannst es haben, ich bin an der Vergangenheit nicht interessiert.«

Reh nickt, es öffnet den Mund.

In diesem Moment hangelt Schwein sich an der Leiter hoch aufs Dach.

Es sagt: »Ich habe von euch geträumt. Wir sind zu dritt zu Gott gegangen und haben ihm geholfen, einen Fisch an ein Meer zu tragen.«

Gott hat Dachs und Schwein ein bisschen vergessen.

Nicht eigentlich, aber als sie in seinem Gang stehen, erschrickt er über ihre physische Erscheinung.

»Wir dachten schon, du wärst verschollen«, sagt Schwein, es will Gott umarmen.

»Nein, ich bin hier«, sagt Gott so sachlich, dass Schwein die Umarmung unterbricht.

»Ja«, sagt es, etwas leiser, »wir sahen es an den Schuhen.«

In der Küche warten sie auf das Gespräch.

Vom misslungenen Versuch, Gott auf die Erde zu wechseln, sprechen sie nach der Begrüssung nicht. Zu Schweins Enttäuschung verhalten sie sich auch sonst, als hätten sie jeden gemeinsamen Nenner verloren.

Es geht so weit, dass Dachs Gott nach Sirup fragt, da ruft Schwein: »Halt! Wir sind doch Freunde.«

»Ja?«, sagt Gott.

»Freunde fragen nicht, ob es noch Sirup hat, sie schauen einfach im Kühlschrank nach.«

Gott macht eine einladende Geste, auf dass Dachs den Kühlschrank öffne und den Sirup herausnehme.

Dachs tut wie ihm befohlen, greift nach dem Sirup, dann greift er nach etwas anderem, etwas hinter dem Sirup.

»Kombu? Ist das Kohl?«

»Nein, Algen.«

»Isst du das?«

»Nein«, Gottes Stimme wackelt, »das ass der Fisch.«

Sie stehen im Gang. Gott erklärt, wie der Fisch hier eingeklemmt war. Als er ihn heute im Badezimmer besucht habe, sei der Fisch trauriger gewesen als am Abend zuvor.

Sein Blick verschwommen wie Wasserfarbe, in der zu viel Wasser ist. Die ganze Zeit über lief das Radio mit den Naturgeräuschen, wenn Gott den Lautstärkeregler nach unten bewegte, riss der Fisch alarmiert die Wasseraugen auf.

Gegen zehn Uhr hat Gott ein Telefonat geführt mit seiner Schwester, und als er zurück ins Bad ging, war der Fisch tot.

Gott hat den kalten Körper in den Wald geschleppt, zum nächsten Tümpel. Dort liess er ihn hinabgleiten ins schwarze Wasser. Gott ist Ewigkeiten dort gestanden.

Auch als das Glitzern der Fischschuppen längst in der Tümpeltiefe verschwunden war.

»Wir hätten früher zurückkommen müssen und ihn auf die Erde wechseln«, sagt Schwein.

Gott zuckt mit den Schultern, aber er sieht ziemlich verzweifelt aus. »Jetzt ist er weg.«

»Im Jenseits«, sagt Schwein, ohne zu zögern.

»Im Jenseits?«

»Ja.«

»Wo ist das?«, fragt Gott.

»Örtlich ist das schwierig zu sagen«, sagt Schwein.

»Was macht der Fisch dort?«

Schwein lehnt sich zurück in seinem Stuhl, sodass die vorderen beiden Stuhlbeine in der Luft schweben.

Offensichtlich geniesst es das; befragt zu werden, als habe es bezüglich Jenseits eine Expertise.

»Er malt Landschaftsbilder.«

Gott lächelt.

Das kann er sich gut vorstellen. Der Fisch vor seiner Leinwand mit einem feinen Pinsel, wie er grüne Halme malt und gelbe Tupfer.

»Ich möchte ihn dort besuchen. Bestellen wir ein Taxi«, sagt Gott. »Guten Tag, bringen Sie uns bitte ins Jenseits.«

»Kein Problem. Steigen Sie ein«, sagt Schwein mit kratziger Stimme, »ich werde Sie über eine wunderbare Klippe fahren.«

»Das freut mich sehr.«

»Moment – sind Sie nicht Gott?«, fragt Schwein als Taxifahrer.

»Doch, der bin ich.«

»In diesem Fall muss ich Sie leider bitten auszusteigen.«

»Warum? Ich will das Jenseits besuchen.«

»Sie dürfen nicht sterben, sie haben hier eine Verantwortung wahrzunehmen, geehrter Gott.« Wie nobel Schwein sich heute ausdrückt.

»Nur kurz natürlich, nicht für immer«, sagt Gott, er lässt die Schultern hängen. Schwein wendet sich Dachs zu, der bis anhin aus dem Fenster geschaut hat.

»Erfindest du uns ein Gerät, mit dem wir ins Jenseits wechseln können?«

Dachs erinnert an einen berühmten Professor, wie er jetzt bescheiden das Wort ergreift. Nicht berauscht, höchstens besorgt über die mögliche Reichweite seiner Erfindung.

»Aus technischer Sicht ist ein weiteres *Hin* mit dem Apparat möglich. Ich habe schliesslich kein Raumlimit gesetzt.«

Gott steht auf und wühlt in einer Schublade.

»Ich habe nichts vor«, sagt Schwein, »wir können sofort los.«

»Ins Jenseits?«, fragt Gott.

»Zu deinem Fisch«, sagt Schwein.

Gott zieht nacheinander eine Gabel, einen Korkenzieher, eine Scherbe aus der Schublade, betrachtet sie ohne grosses Interesse. So macht er eine Art zufälliges Inventar. Öffnet jede Schublade, zum Schluss auch den Schrank.

Seine Hand hat jede Ruhe verloren, als er die Flasche mit dem Apfelmost aufschraubt. Jetzt gleich zur nächsten Reise aufbrechen – bevor ihm der Boden unter den Füssen wegtaumelt, setzt Gott sich hin. Der Most plätschert in die Gläser, danach ist es still.

Als habe das Universum kurz den Atem angehalten, damit sie hinhören können.

Zurück auf der Erde tut Schwein so, als würde es nie wieder lebendig.

Es verabschiedet sich von Freundinnen und Bekannten, bringt ihnen Früchte und Joghurt, die in seinem Kühlschrank sonst vergammeln würden. Es fragt Reh, ob es mitkomme, auch wenn Schwein weiss, dass Reh erst im Sommer Ferien nehmen kann.

Als Schwein gegen Abend am Rummelplatz vorbeiradelt, möchte es eine Fahrt auf der steilsten Achterbahn wagen. Sich die Frisur verwehen lassen. Die Nacht durchtanzen. Bis zum Mittag schlafen.

Heiraten. Aber die Zeit reicht gerade noch, um den Koffer zu packen, den Schlüssel im Briefkasten zu verstecken.

Gott wartet am offenen Fenster.

Er sieht in die herannahende Dunkelheit; dort endet die Treppe zu seinem Haus, dort öffnet sich das weite Feld; dahinter beginnt der Wald.

Gott klatscht in die Hände, zwei Mal, laut.

Er ruft: »Danke! Danke vielmals!«

Aber die Dämmerung scheint mit seinem Ruf nichts anfangen zu können. Sie wirft nichts zurück. Dieses fehlende Echo lässt Gott schaudern.

Hastig beginnt er einen Brief an seine Schwester. Während er schreibt, weiss er bereits, dass er den Brief nicht per Post verschicken wird. Seine Schwester wird ihn finden, wenn sie eines Tages zum Joggen vorbeischaut. *Ich bin weg, ich weiss nicht, wie lange.* Unter seinen Namen setzt Gott einen Schnörkel. Der Brief auf dem Küchentisch sieht nett aus, wie die Anleitung für jemanden, der die Pflanzen giessen, der die Kanarienvögel füttern soll.

VIKTORIJA TOKARJEWA

Von unserem Fenster aus

Der junge Regisseur Sergej Tischkin fuhr zu einem Filmfestival. Das Festival war klein und hatte kein sonderlich gutes Renommee. Das Städtchen, in dem es stattfand, war ziemlich provinziell. Aber Tischkin war ja auch noch Anfänger und hatte wenig Selbstsicherheit. Doch er begriff, dass so ein Festival wie ein Trampolin war, es konnte einem einen Schubs Richtung Aufstieg verpassen.

Es war ein Ort, wo konkurriert und gewonnen wurde, und gleichzeitig bot es das volle Entspannungsprogramm: saufen und mit jungen Schauspielerinnen schlafen. Die jungen Schauspielerinnen wollten Liebe und Erfolg. Für sie war das Festival eine Chance, Regisseure auf sich aufmerksam zu machen, deshalb waren sie da.

Sergej Tischkin jedoch beschloss, sich ganz einfach einmal auszuschlafen. Er und seine Frau hatten vor Kurzem ein Kind bekommen. Seine Frau war so erschöpft, dass sie sich kaum noch auf den Beinen halten konnte, und Sergej hatte sie nachts immer abgelöst. Dann hielt er sein kleines Mädchen auf dem Arm, besah sich voller Liebe das winzige Gesichtchen mit dem Stupsnäschen und dem kleinen Strich als Mund. Wie winzig seine Kleine war, wie hilflos… Wenn er sie beispielsweise fallen ließe, wäre sie sicher gleich tot. So ein Winzling war völlig von den Erwachsenen abhängig, die Hilflosigkeit war seine einzige Waffe. Tischkins Herz zersprang fast bei solchen Gedanken. Er drückte seinen Schatz an die Brust, und auch das tat er zitternd und vorsichtig. Denn selbst ein solcher Liebesanfall konnte ja gefährlich sein für so ein kleines Wesen. Seine Frau hatte vom Stillen eine Brustdrüsenentzündung bekommen, das Fieber war einmal sogar auf vierzig Grad gestiegen. Die Leidenschaft, die sie einst füreinander empfunden hatten, war verflogen. Anstelle der Leidenschaft war grenzenlose Fürsorge getreten und nicht enden wollende Arbeit und unaufhörliche Geschäftigkeit um das neue Menschlein herum.

Tischkin hatte gedacht, das Erscheinen eines Kindes in der Familie bedeute ein Glück und nur ein Glück. Und nun stellte sich heraus, sosehr es ein Glück war, sosehr war es auch mit Arbeit verbunden, mit schlaflosen Nächten und ständigen Sorgen.

Tischkin war mit starken Schuldgefühlen gegenüber Frau und Kind zu dem Festival gefahren. Er hatte sich kaum trennen können, aber seine Frau hatte darauf bestanden. Sie stellte die Interessen ihres Mannes immer über alles. Welch ein erstaunlicher Charakter. Dazu war sie auch noch hübsch und genügsam. Sie hatte alles, um ein gemeinsames Leben aufzubauen und nicht nur eine Affäre mit jemandem zu haben. Sie liebte ihren Mann, und die Familie war ihr Ein und Alles. Wenn man jemanden liebt, lebt man gern für seine Interessen.

Dann kam die Schwiegermutter zu Besuch, die eine echte Unterstützung bedeutete. Seine Frau und das Töchterchen waren nicht allein, sondern mit einem nahen Menschen zusammen. Er konnte also beruhigt fahren, aber trotzdem …

Die Eröffnungsfeier war am Abend. Zuerst fand ein Konzert statt, danach gab es ein Bankett. Im Restaurant sitzend, betrachtete Tischkin die einzelnen kleinen Tische, automatisch registrierte er die Blicke, die ihm schöne Frauen zuwarfen. Einfach so, pure Gewohnheit. Auch einen kleinen Seitensprung hatte er nicht ausgeschlossen. Er betrachtete das nicht als Verrat an seiner Familie. Das eine hatte mit dem anderen gar nichts zu tun. Es waren schöne Schauspielerinnen anwesend. Doch den Schönen musste man den Hof machen, sie mit Worten umgarnen, ihnen verlockende Perspektiven aufzeigen.

Und Tischkin wollte immerzu nur schlafen und konnte eine Frau im Moment nur als Mittel zu späterem guten Schlaf betrachten. Und welche schöne Frau würde sich schon mit einer so kleinen Rolle zufriedengeben, mit der Rolle einer Schlaftablette? Tischkin hörte auf, sich umzusehen, er aß und trank einfach und unterhielt sich. Aber vor allem hörte er zu, wer was sagte. Es wurde jede Menge Blödsinn geredet. Man schmeichelte sich gegenseitig. Natürlich, so eine Tischgesellschaft war kein ›runder Tisch‹, wo Gott weiß was für tiefschürfende Ideen geäußert werden. Aber *irgendetwas* zu denken wäre doch vielleicht angebracht…

Alina kam auf Tischkin zu, sie war technische Mitarbeiterin des Festivals und wohnte vor Ort. Eine ihrer Aufgaben war die Zimmerverteilung.

»Entschuldigen Sie«, sagte Alina. »Darf ich den Schauspieler Gurin zu Ihnen ins Zimmer buchen?«

»Der ist doch schwul…«, sagte Tischkin erschrocken.

»Wie bitte?«, Alina verstand nicht ganz.

»Na, schwul, homo, gay oder wie das heute heißt«, erklärte Tischkin.

»Na und?«

»Sie sind gut, selber ›na und‹. Ich will ihn nicht bei mir im Zimmer haben.«

»Und wo soll ich ihn unterbringen?«

»Weiß ich doch nicht. Wo Sie wollen.«

»Ich kann ihn nur bei Ihnen unterbringen, weil Sie noch jung und außerdem ein Anfänger-Regisseur sind.«

»Na gut, dann bekommt er mein Zimmer.«

»Und Sie?«

»Ich werde bei Ihnen übernachten.«

»Bei mir?«, fragte Alina verwundert. Sie hatte die Ironie überhört und nahm den Vorschlag für bare Münze.

»Na, wieso nicht? Sie wohnen doch allein, oder?«

»Ja ... das schon ...«, antwortete Alina verstört. »Nun ja, wenn es Ihnen nichts ausmacht ...«

»Macht mir nichts aus.«

»Gut, dann nehme ich Sie mit zu mir. Aber ich habe nur einen Schlüssel. Wir müssen zusammen heimfahren.«

»In Ordnung«, meinte Tischkin. »Wenn Sie nach Hause fahren, nehmen Sie mich einfach mit.«

Alina ging eilig davon, sie hatte noch viel zu tun. Tischkin sah ihr nach. Sie war ein bisschen blass, aber nett, der Typ einer Kellnerin. Eine Feldblume der mittleren Breiten Russlands. So eine würde ihm nicht hinterher mit Telefonanrufen belästigen und sich wie eine Klette anhängen. Es gäbe keinerlei Komplikationen. Sie fuhren zusammen zu ihr.

Alina wohnte in einem fünfgeschossigen Plattenbau, in einer Einzimmerwohnung.

Die ganze Stadt, mit Ausnahme des Altstadtkerns, bestand aus diesen armseligen Blocks. Die Fugen der Plattenbauten waren mit Pech verschlossen, damit das Wasser nicht hineinlief.

Vom Fenster aus sah man auf weitere Plattenbauten – eine deprimierende Aussicht. Wenn man dieses Bild jeden Tag sehen musste, konnte man sich ja gleich aufhängen. Oder auswandern. Am besten in ein Land, in dem ein Mensch etwas wert war. Alina hatte ein Bettsofa und ein Feldbett. Gemeinsam klappten sie die Couch aus. Bis zum Feldbett kamen sie gar nicht.

Eine Weile konnten sie nicht sprechen.

Die Leidenschaft hatte Tischkin überflutet wie eine schwere Welle. Er hätte glatt Alinas Ohren abbeißen können. Sie wand sich unter ihm hin und her und fiel einmal sogar von der Couch. Tischkin wartete nicht, bis sie wieder hochkam, sondern stürzte ihr nach. Auf dem Boden war es bequemer, mehr Platz, und der Untergrund war gleichmäßiger.

Als alles zu Ende war, schwiegen sie lange, schwebten zwischen Himmel und Erde. Dann fragte er etwas. Sie antwortete träge. So fingen sie an, sich zu unterhalten.

Es stellte sich heraus, dass Alina fünfundzwanzig war.

Sie arbeitete im ›weißen Haus‹, so nannte sich ihr Rathaus. Das ›weise Haus‹ war tatsächlich weiß, aus weißem, besser gesagt grauem Kalkstein gebaut.

»Hast du einen Freund?«, fragte Tischkin.

»Einen speziellen nicht. Aber allgemeine Freunde hab ich viele.«

»Schläfst du mit allen?«, fragte Tischkin neugierig.

»Wie kommst du denn darauf? Natürlich nicht mit allen…«

Tischkin überlegte: ›Natürlich nicht mit allen‹, das hieß aber doch mit einigen.

»Was ist denn dein Auswahlkriterium?«, fragte er.

»Na ja… er muss mir gefallen…«

»Und ich, ich gefalle dir?«

»Ganz wahnsinnig«, stimmte Alina zu. »Du hast mir auf den ersten Blick gefallen. Du bist mir schon am Bahnhof aufgefallen. Ich hab mir gleich gedacht: Mit dem könnte ich mir was vorstellen…«

Tischkin umarmte Alina voller Dankbarkeit. Sie passte genau zwischen seine Arme und Beine, als wenn sie extra für ihn maßgefertigt worden wäre. Und ihre Haut fühlte sich so weich an wie Seide. Wieder schwiegen sie. Tischkin wollte nicht von Liebe und Hoffnung sprechen, er wollte nicht betrügen. Aber schweigen konnte er auch nicht, so brach die Zärtlichkeit aus ihm heraus. Er wiederholte nur immer: ›Alja, Alja…‹ wie eine Beschwörungsformel.

Als sie wieder sprechen konnte, sagte sie: »Eigentlich heiße ich ja Dina.«

»Du kannst heißen, wie du willst. Für mich bist du Alja.«

Tischkin entdeckte in sich die Bitterkeit der Eifersucht.

Ihm war ja klar, dass er bald wegfahren würde und dieses Mädchen nie mehr wiedersähe. Aber so war eben sein Charakter. Das, was ihm gehörte, und wenn es nur für einen Abend war, das sollte auch seins sein und niemandem sonst gehören.

»Sie nennen dich also Alina, die, die dir gefallen«, setzte er das abgerissene Gespräch fort. »Und wer noch?«

»Na die, die mir helfen.«

»Mit Geld?«

»Mit Geld auch. Ich verdiene ja sehr wenig.«

»Das heißt also, du verkaufst dich?«, konkretisierte Tischkin.

»Wieso verkaufen? Ich bedanke mich. Wie könnte ich mich sonst noch bedanken?«

Tischkin schwieg einen Moment. Dann sagte er: »Aber ich habe kein Geld.«

»Von dir nehme ich auch keins.«

»Und wieso?«

»Weil du schön bist. Und begabt.«

»Woher weißt du das?«

»So sagt man.«

»Wer sagt das?«

»Alle. Und außerdem sieht man das.«

»Was genau?«

»Dass du Talent hast. Ich, beispielsweise, sehe das.«

»Wie denn?«

»Du leuchtest. Du kommst an einen Ort und leuchtest. Und die anderen riechen nach Keller.«

Tischkin drückte Alina fest an sich, ja er erdrückte sie fast, so sehr brauchte er diese Unterstützung. Er war sich seiner selbst nicht sicher. Wie ins weite Meer war er ins Filmgeschäft gegangen und wusste nicht einmal, ob er überhaupt schwimmen konnte. Aber schwimmen musste man unbedingt.

Und da war dieses kleine, blasse Mädchen und sagte zu ihm: ›Du kannst es! Schwimm drauflos!‹ Er hielt sie fest umarmt, und beinahe liebte er sie.

»Bist du verheiratet?«, fragte Alina.

»Ja.«

»Ganz fest oder nur ein bisschen?«

»Ganz fest.«

»Liebst du deine Frau?«

»Und nicht nur das.«

»Was denn noch?«

»Wir verstehen uns gut.«

»Aber lieben – das heißt doch sich gut verstehen.«

»Nicht ganz. Die Liebe – das ist wie Schüttelfrost. Sie kann kommen und wieder gehen… Aber eine gute Beziehung – das ist für immer.«

»Und schämst du dich nicht, sie zu betrügen?«

»Nein.«

»Warum?«

»Weil das hier kein Betrug ist.«

»Und was dann?«

»Das ist… Glück«, sagte Tischkin.

»Und wird es eine Fortsetzung geben?«

»Nein.«

»Warum nicht?«

»Weil ich einen neuen Film drehen muss.«

»Das eine schließt das andere nicht aus…«

»Doch«, entgegnete Tischkin. »Wenn man etwas richtig tun will, muss man nur das tun…«

»Und wie soll das gehen ohne Glück?«

»Die Arbeit – das ist Glück.«

»Und ich?«

»Du auch. Aber ich wähle die Arbeit.«

»Komisch…«, sagte Alina.

Sie lagen schweigend beieinander. Die Morgendämmerung erfüllte das Zimmer, und in ihrem diffusen Licht wurden die Fugen zwischen Wänden und der Decke sichtbar.

Man konnte sehen, dass die Decke direkt auf die Wände gelegt worden war, ohne großen Aufwand.

»So eine Sau, dieser Karawajtschuk«, sagte Alina. »Hat es nicht fertiggebracht, mir eine Wohnung in einem Backsteingebäude zuweisen zu lassen …«

»Karawajtschuk, ist das eine Frau?«

»Eine Frau? Nein, wieso? Das ist ein Mann.«

»Aber du hast ›Sau‹ gesagt. Die Sau ist weiblich.«

»Zwei Meter fünfzig«, empörte sich Alina, ohne auf Tischkin zu achten, »die Decke hängt einem buchstäblich überm Kopf. Und in den Backsteingebäuden ist die Decke zwei Meter achtzig hoch …«

»Hast du mit Karawajtschuk auch geschlafen?«

»Er hat mir die Wohnung gegeben. Für den Anfang war das ja nicht schlecht …«

Tischkin stand auf und ging zur Toilette. Die Toilette war eng, wie maßgeschneidert. An der Wand hing ein Plakat des Sängers Antonow.

Tischkin verstand, dass es Alina die Petersilie verhagelt hatte, und er verstand auch, warum: Sie hatte keine Perspektive. Frauen verstehen nicht, im Moment glücklich zu sein, begreifen nicht, dass auch ein Augenblick Ewigkeit ist.

Tischkin kehrte ins Zimmer zurück und fragte: »Magst du Antonow nicht?«

»Doch, wieso?«

»Warum hast du ihn dann auf die Toilette gehängt?«

»Da war der Gips abgeschlagen. Das hab ich mit der Tapete überklebt, dann das Plakat drauf. Aber es war sowieso sinnlos. Als wenn man einen Leichnam schmückt.«

»Einen was?«

»Na, einen Toten... Dieses Haus kann man bloß noch abreißen und ein neues bauen. Am besten würde man es in die Luft sprengen...«

»Wieso bist du plötzlich so böse?«

Tischkin schlüpfte wieder unter die Decke, er spürte die Wärme und den Duft eines blühenden Körpers. Er wollte weiterschlafen, aber noch mehr lockte die Liebe. Tischkin machte sich sachte ans Werk.

»Ich war einmal bei einer Freundin in Deutschland, in Saarbrücken.«

Alina ignorierte seine Berührungen, sie war auf einem ganz anderen Dampfer. »Meine Freundin ist dorthin ausgewandert. Sie hat einen Deutschen geheiratet. Die hatten eine Treppe, die war Teil der Wohnung. Der Typ hatte goldene Hände...«

»Eher fleißige«, meinte Tischkin.

»Dort gibt es alles...«

»Willst du nach Deutschland?«, fragte Tischkin.

»Wohin auch immer. Bloß weg von hier. Ich kann das alles nicht mehr sehen. Der ewig tropfende Wasserhahn, im Waschbecken die Spuren des rostigen Wassers... Und so wird es immer bleiben.«

Man hörte die Uhr an der Wand ticken.

»Hör auf«, sagte Tischkin. »Alles ist gut.«

»Was soll hier schon gut sein?!«

Die Nacht war zauberhaft gewesen. Aber schon am Morgen war alles zu Ende. In drei Tagen würde Tischkin wegfahren, und das war's. Sein Talent würde erstrahlen, aber nicht mehr für sie. Und seine Zärtlichkeit und sexuellen Fähigkeiten waren auch nicht mehr für sie. Was blieb ihr da noch?

»Du bist so schön… Und so jung. Du hast noch alles vor dir«, sagte Tischkin voller Überzeugung.

»Na ja… als ich fünfzehn war, da hatte ich noch alles vor mir. Jetzt bin ich fünfundzwanzig, hab auch noch einiges vor mir, stimmt. Dann werde ich fünfzig – eine junge Alte. Und was hab ich dann vor mir? Alter und Tod. Lieber sterben, als so zu leben…«

»Du Dummchen…« Tischkin umarmte sie.

Alina bettete ihren Kopf auf seine Brust. Sie schliefen so schnell ein, als hätten sie sich in einen schwarzen Brunnen gestürzt.

Gegen Mittag wachten sie auf. Die Uhr an der Wand zeigte schon halb zwei.

»Die bringen mich um«, sagte Alina seelenruhig.

Sie ging ins Bad. Als sie wieder herauskam, war sie konzentriert, geschäftig, eine Fremde. Sie zog sich schnell an und schminkte ihre Augen. Tischkin konnte sich gar nicht mehr vorstellen, dass sie ihn die ganze Nacht umarmt gehalten, ihm vorbehaltlos gehört hatte. Alina stand da, tapfer und unabhängig, wie ein Zinnsoldat. Und sie gehörte niemandem.

Tischkin erhielt den ersten Preis des Festivals. Die Jury hatte einstimmig ihn gewählt. Die Kritiker bemerkten den ›frischen Blick‹, eine ›neue Filmsprache‹ und so weiter und so fort.

Tischkin stand auf der Bühne, sein Blick suchte Alina.

Aber sie war verschwunden. Vermutlich rannte sie irgendwo herum. Die Teilnehmer des Festivals kamen und gingen zu den verschiedensten Zeiten. Mal musste sie jemanden abholen, mal jemanden zum Bahnhof bringen. Tischkin stand feierlich herausgeputzt auf der Bühne, er leuchtete tatsächlich vor lauter innerer Anspannung. Obwohl das Festival klein und wenig prestigeträchtig war, so brodelten doch die Leidenschaften, und die waren echt.

Der ältere Regisseur Owjetschkin, dem man den ersten Preis so gut wie versprochen hatte (sonst wäre er gar nicht erst angereist), saß mit versteinerter Miene da. Sein Film war durchgefallen und – wie er fand – völlig zu Unrecht. Die Jugend hatte also gesiegt. Neue Zeiten waren gekommen, neue Namen wurden genannt. Und das war das, was ihn am meisten kränkte.

Owjetschkin war zweiundfünfzig, Tischkin siebenundzwanzig. Das war die objektive Realität. Es ging natürlich nicht ums Alter, sondern ums Talent. Und um das Alter obendrein.

Vor einem Vierteljahrhundert hatte er sich genauso leidenschaftlich in die Filmwelt gestürzt, und die Kritiker hatten geraunt: ›Ein neuer Blick‹, ›ein frischer Wind‹… Aber das war nun mal vor fünfundzwanzig Jahren gewesen. Owjetschkin gehörte die Vergangenheit, und Tischkin die Gegenwart und die Zukunft.

Das Festival würde zu Ende gehen, man würde nach Hause fahren, und am nächsten Tag wäre alles vergessen. Und das, was jetzt lebenswichtig schien, würde sich in blauen Dunst auflösen.

Der Augenblick des Sieges – das ist schließlich auch bloß ein Augenblick. Doch auch ein Augenblick ist Ewigkeit.

Tischkin stand auf der Bühne und war grenzenlos glücklich. Man hatte ihm nochmals gesagt: ›Schwimm!‹ Und er würde schwimmen. Er würde schwimmen, ohne seine Kräfte zu schonen. Die Kritiker glaubten an ihn, die Kollegen, die Profis. Also war es seine Pflicht, auch an sich zu glauben. Dies war sein erster ›Erster Preis‹. Und vor ihm lagen noch andere Festivals, Cannes, Venedig, Berlin. Er würde in festlichem Schwarz-Weiß dastehen, den Oscar an die Brust drücken, den Löwen, die Goldene Rose…

Nachdem alles vorbei war, rief er zu Hause an. Er berichtete von seinem Sieg. Seine Frau hob den Hörer ans Ohr des Töchterchens, und das Kind atmete in diesen Hörer. Dieses Atmen drang in Tischkins Herz wie holde Musik. Er konnte gar nichts sagen, lächelte nur hilflos vor sich hin.

Vier Jahre vergingen.

Die Perestroika zog sich hin und endete schließlich im Desaster. Russland atmete laut aus, wie nach einem Schlag.

Tischkin drehte einen weiteren Film. Nur einen in vier Jahren. Die staatliche Finanzierung versandete, so wie der Staat selbst aufhörte zu existieren. Auf die alte Art wollte man nicht mehr leben, und auf die neue konnte man noch nicht. Es war die Zeit des ›Wer kann, der darf‹. Und wer nicht konnte, der setzte einen treuherzigen Blick auf wie ein Hofhund und wartete auf Gott weiß was.

Um seiner Berufung zu folgen, musste Tischkin sein Auto verkaufen. Die Schauspieler arbeiteten gratis, aus purer Liebe zur Kunst. Einmal wollte er alles hinwerfen, keine Kräfte mehr verschwenden und einfach nur noch untergehen. Und doch schwamm Tischkin weiter, schwamm bis zur völligen Erschöpfung und erreichte schließlich das Ufer. Der Film wurde fertig.

Es war ein Film über die Liebe. Worüber auch sonst…

Über die Brutalität der Gegenwart wollte er nichts drehen, denn das taten jetzt alle, es entstand sogar der Ausdruck *Tschernucha,* vom Wort *tschornyj,* schwarz, düster. Plötzlich waren alle mutig.

Früher war es Mode gewesen, etwas anzudeuten, die Faust in der Tasche zu ballen. Und jetzt war es Mode, die Faust herauszuholen und damit aus Leibeskräften nach allen Seiten zu drohen. Die Konjunktur hatte sich in ihr Gegenteil verkehrt.

Tischkin verachtete jegliche Konjunktur. Er wollte sich an ewige Werte erinnern. Und das tat er auch.

Tischkins Motto als Regisseur bestand darin, eine interessante Geschichte interessant zu erzählen. Und das gelang ihm auch. Die Cutterinnen und Geräuschtechniker schauten sein Material mit angehaltenem Atem an. Der Film zog einen in Bann, hielt einen fest und ließ einen nicht wieder los.

Und dann – war Stille. Der Markt schien im Eimer.

Den Film erwarben irgendwelche Gauner aus der Stadt Ufa. Sie schlugen Tischkin vor, zusammen mit seinem Film quer durch Russland zu reisen: eine Promotiontour. Für ein paar Groschen, versteht sich. Nicht genug, dass Tischkin den Film auf eigene Kosten gedreht hatte, nun sollte er auch noch fremde Taschen füllen.

Seine Frau packte ihm den Koffer. Das Töchterchen erfüllte schon kleine Aufgaben: Sie brachte den Kamm und die Zahnbürste.

Tischkins Familienleben ging immer weiter, so wie das Meer oder die Berge immer weiter leben. Ein punktueller Wandel veränderte da gar nichts und störte auch nicht weiter.

Seine gelegentlichen Freundinnen sah Tischkin als Ablenkung vom Sujet innerhalb des Sujets an. Und das Sujet selbst war klar herausgearbeitet, genau wie in einem gelungenen Drehbuch.

Alina aus der Kleinstadt blieb in Tischkins Bewusstsein und Unterbewusstsein. Er wollte sie sogar einmal anrufen. Aber was sollte er ihr sagen? Guten Tag und Auf Wiedersehen… Dafür brauchte man nicht anzurufen. Dann lieber ganz abtauchen.

Tischkin kam auf seiner Tour mit dem Film auch in jene Kleinstadt, in der damals das Filmfestival stattgefunden hatte.

Die Hauptsehenswürdigkeit des Städtchens war ein altes Männerkloster. Tischkin wandelte auf historischen Pfaden, und es kam ihm immer so vor, als könnte jeden Moment Alina hinter einer Ecke hervorspringen.

Doch aus dem Kloster sprangen nur junge Männer in Kutten hervor. Hier war ein Priesterseminar untergebracht. An den Männern war keinerlei Demut zu beobachten.

Junge rotwangige Gesichter, kräftige Beine, Energie im Blick. Und wenn man diese Seminaristen ansah, wollte man sagen: ›Mein Gott, wie schön doch alles ist. Die Welt ist gut…‹

Und sie war wirklich gut. Der Wind hatte die Wolken auseinandergetrieben und strich über den blauen Himmel. Und auch der Himmel war jung und wie neu. Irgendwann einmal waren hier die Bojaren in unbequemer Kleidung herumspaziert, und jetzt ging hier Tischkin mit Turnschuhen und Blousonjacke. Nun stand er im Strom der Zeit. In fünfzig Jahren würde dieser Strom Tischkin hinweggespült haben, und es würden neue Menschen kommen. Aber auch sie würden fortgespült werden.

Und so ginge es immer weiter.

Wer hatte das alles hier hingesetzt? Gott? Aber woher kam Gott? Ihn musste doch auch jemand erschaffen haben...

Tischkin verließ das Kloster. Kurze Zeit später wendete er das Auto und fuhr Richtung Tschkalowastraße. Er erinnerte sich sehr gut an die Straße und das Haus, in dem Alina wohnte.

Und wenn sie diesen Karawajtschuk geheiratet hatte? Immerhin waren fünf Jahre vergangen. Sie würde ja schließlich nicht am Meer sitzen bleiben und das Wetter abwarten.

Tischkin stieg neben dem bewussten Haus aus. Er fand einen Telefonautomaten.

»Ja?«, sagte Alinas Stimme ganz ruhig.

»Hallo. Erkennst du mich noch?«

Tischkin spürte, wie das Blut in seinen Ohren rauschte.

»Woher rufst du an?«, fragte Alina ohne jegliches Erstaunen.

»Aus Amerika.«

»Dafür hört man dich aber gut, grad so, als wärst du ganz in der Nähe.«

»Hast du geheiratet?«, fragte Tischkin. Das war die Hauptfrage.

»Wen denn?«

»Na, Karawajtschuk beispielsweise…«

»Ach, den«, sagte Alina gleichgültig. »Nein. Ich bin allein.«

»Gut«, freute sich Tischkin.

»Tja, sehr…« Alina teilte seine Freude wohl nicht.

»In Ordnung. Ich komme, und dann reden wir«, fasste sich Tischkin kurz.

Er legte auf und ging in ein Geschäft. Geld hatte er bei sich. Tischkin kaufte alles, was ihm gefiel. Oder besser gesagt alles, was essbar war.

Einen Aufzug gab es im Hause immer noch nicht.

Tischkin ging zu Fuß die Treppe hoch. Als er im fünften Stock angekommen war, klopfte sein Herz dermaßen, dass er es bis in die Ohren und Fingerspitzen fühlte, es war bereit, jederzeit aus seinem Brustkorb zu springen. Er klingelte an der Tür. Schritte wurden hörbar.

»Wer ist da?«, fragte Alina.

Er schwieg, denn er bekam noch keine Luft.

Da öffnete Alina.

»Mein Gott…«, sagte Alina. »Wo kommst du denn her?«

»Aus Amerika«, sagte Tischkin grinsend.

Sie standen da und sahen einander an.

Ihr Gesicht war bleich, beinahe hellgrau wie Karton. Auf dem Kopf trug sie ein Kopftuch, wie die Piraten auf den fernen Meeren. Sie war schrecklich dünn geworden.

Ein völlig anderer Mensch stand da vor ihm.

»Hab ich mich verändert?«, fragte Alina.

»Nein«, log Tischkin.

»Und so?«, fragte Alina und nahm das Kopftuch ab. Sie entblößte einen kahlen Schädel. Er glänzte wie eine Billardkugel.

»Wie ist denn das passiert?«, fragte Tischkin schnell.

»Sie haben mich mit Chemie vollgepumpt und bestrahlt. Alle Haare sind ausgefallen. Aber die wachsen wieder. Haben die Ärzte jedenfalls versprochen.«

»Klar, kommen die wieder, wo sollen sie denn sonst hin…«, versuchte Tischkin zu scherzen.

»Komm rein, wenn du dich nicht fürchtest.«

Tischkin trat in die Wohnung. Er legte ab.

»Wovor sollte ich denn Angst haben?«, fragte er verständnislos.

»Na ja… es ist immerhin Krebs. Manche haben Angst, sich anzustecken. Niemand besucht mich. Aber ich lade ja auch niemanden ein. Bei dem Aussehen…«

Sie gingen ins Wohnzimmer und setzten sich.

»Erzähl«, sagte Tischkin ruhig.

»Was gibt's da schon zu erzählen. Ich bereitete meine Dokumente für eine Auslandsreise vor. Wollte bei der Gelegenheit gleich einen Check-up machen lassen. Der Arzt sagte: ›Sie fahren nirgendwohin, Sie haben Krebs.‹ Ich sag zu ihm: ›Der Teufel soll ihn holen, den Krebs.‹ Ich wollte so sehr nach Paris!«

»Früher wolltest du nach Deutschland«, bemerkte Tischkin. Man musste doch etwas sagen, und was konnte er schon dazu sagen?

»Jetzt will ich schon nirgendwo mehr hin. Die Operation war schrecklich. Ich dachte, sie schneiden mir die Brust ab und fertig. Aber sie haben meinen ganzen Oberkörper ausgekratzt, unter dem Arm und überall. Jetzt kann ich den Arm nicht mal mehr heben.«

»Das geht vorbei…«

»Hm, ja… Es geht vorbei, zusammen mit mir. Ich habe mit Marina abgemacht: Wenn ich tot bin, soll sie mir die Wimpern tuschen. Ich sehe ungeschminkt schrecklich aus.«

»Du wirst nicht sterben…«, versicherte ihr Tischkin.

»Hmmm… Meine Mutter ist an Brustkrebs gestorben. Und meine Großmutter. Es ist vererbt. Wieso sollten sie dran sterben und ich nicht?«

»Weil sich die Medizin stark weiterentwickelt hat. Jetzt hat man andere Medikamente. Die Überlebenschance beträgt heutzutage neunzig Prozent.«

»Woher weißt denn du das?«

Alina versank in seinen Augen.

»Das ist allgemein bekannt«, sagte Tischkin und machte übertrieben ehrliche Augen. »Die Wissenschaft entwickelt sich immer weiter. Dann gibt es noch das Internet. Alles ist miteinander verbunden, man tauscht sich aus. Jetzt kann man sich sogar per Internet behandeln lassen. Du suchst dir im Netz den am weitesten entwickelten Spezialisten und buchst dir bei ihm eine Sprechstunde.«

»Gratis?«

»Also das weiß ich nicht. Ich denke schon, wie soll denn Geld per Internet…«

Alina kam ins Grübeln.

Allmählich gewöhnte sich Tischkin an ihr neues Aussehen. Sie war auf ihre Art schön: schlank und straff, wie ein gut gedrechseltes kleines Holzklötzchen. Das Leiden hatte ihr Gesicht vergeistigt. Die Jugend schimmerte trotz der Krankheit durch. Alina glaubte jedes Wort. Sie war immer noch naiv und gutgläubig wie ein kranker Hund. Tischkin nahm ihre Hand und küsste sie. Mitgefühl und Zärtlichkeit suchten einen Ausdruck. Er küsste jeden ihrer Finger. Ihre Nägel waren kindlich kurz geschnitten.

»Ekelst du dich nicht?«, fragte Alina. »Hast du keine Angst, dass der Krebs auf dich übergeht?«

»Das tut er nicht. Außerdem gibt es ihn ja nicht mehr. Sie haben ihn doch weggeschnitten…«

Alinas Laune besserte sich zusehends.

»Willst du was essen? Wenn du keine Angst hast, natürlich…«

Tischkin brachte die Tüte aus der Diele herein. Er stellte Kognak, Früchte, Schinken und Schokolade auf den Tisch.

»Ich habe noch gekochtes Huhn.«

Sie zog mit einer Hand einen Topf aus dem Kühlschrank und stellte ihn auf den Herd.

»Lass mich mal machen«, sagte Tischkin. »Jetzt werde ich dich mal ein bisschen verwöhnen.«

Er machte sich daran, den Tisch schön zu decken. Er war geschickt, und es gelang ihm gut.

Alina saß da, ließ die Arme hängen und sah ihm zu.

»Was gibt es in deinem Leben sonst noch Neues?«

»Krebs.«

»Und außerdem?«

»Du redest wie ein typischer Laie. Außer Krebs gibt es nichts, wenn man ihn hat.«

»Ach, komm… Irgendeinen Traum wirst du doch haben?«

»Jetzt ist mein einziger Traum: überleben. Das ist alles. Jeder gelebte Tag ist ein Glück. Wenn mich einer aufs Fensterbrett im zehnten Stock stellen und sagen würde ›Bleib da stehen, dann wirst du überleben‹, ich wäre sofort dabei.«

»Erzähl keinen Blödsinn.«

»Das ist kein Blödsinn. Ich wache morgens auf, da höre ich, wie der Wasserhahn tropft. Das ist Leben. Im Waschbecken ist ein gelber Fleck vom rostigen Wasser. Sogar über den freue ich mich. Draußen ist Winter. Die Leute rennen irgendwohin. Ich sehe sie vom Fenster aus. Was für ein Glück… Ich wäre bereit, auf einem Bahnhof zu wohnen, zuzusehen, wie die Züge vorbeifahren, auf einer Wartebank zu schlafen, mich mit einem Mantel zuzudecken. Einfach sehen, hören, atmen…«

»Setz dich an den Tisch«, kommandierte Tischkin. »Von wegen Fensterbrett, von wegen Bahnhof…«

»Du verstehst das nicht«, entgegnete Alina. »Man sagt, dass die Seele unsterblich ist. Aber mir tut es um den Körper leid. Wie wird es ihm ohne mich ergehen? Wie wird es mir ohne ihn gehen?«

Alina sah ihn aus großen Augen an.

»Alles kommt in Ordnung«, sagte Tischkin ganz ernst. »Auch du mit deinem Körper. Und dein Körper mit dir. Komm, lass uns darauf trinken.«

»Ich darf aber nur ganz wenig«, akzeptierte Alina. »Ein bisschen soll sogar gesund sein. Der Körper verarbeitet den Alkohol.«

Sie tranken auf ex. Tischkin nahm sich Schinken und Brot. Beides war ganz frisch.

»Wieso gibt es in der Provinz frischen Schinken, wenn es in Moskau keinen gibt?«, fragte Tischkin verwundert.

»Na, die Bauern stellen ihn selbst her und verkaufen ihn den Geschäften.«

»Farmwirtschaft«, meinte Tischkin. »Wie in Amerika…«

Sie aßen und sahen sich tief in die Augen.

»Wieso bist du allein?«, fragte Tischkin. »Wo ist deine Verwandtschaft?«

»Woher soll ich die denn nehmen? Ich bin Waise. Aber ich brauche auch niemanden. Allein ist es eh besser. Was für einen Sinn haben Freundinnen? Sie tun so, als ob sie dich bedauern, aber im Grunde ist es ihnen egal. Sie sind bloß froh, dass nicht sie den Krebs haben, sondern ich.«

»Na, du hast ja schöne Freundinnen…«

»Sterben ist leichter mit fremden Leuten. Sie behalten die Nerven. Du hast sie angeheuert, sie machen ihre Arbeit.«

»Und Geld hast du?«

»Im Moment ja. Karawajtschuk hat es mir gegeben.«

»Anständig von ihm. Er ist wohl ein guter Mensch.«

»Er hat es der Stadt abgezwackt und an mich weitergegeben. Eine Art Sozialhilfe.«

»Er hätte es auch abzwacken können und nicht weitergeben«, bemerkte Tischkin.

Ein Vogel schlug ans Fenster.

»Ein schlechtes Omen«, sagte Alina erschrocken.

»Schlecht wäre es nur gewesen, wenn er durchs Fenster gekracht wäre. Aber er ist nur kurz angeschlagen und hat sich wieder gefangen.«

Sie schwiegen einen Moment.

»Hast du ab und zu an mich gedacht?«, fragte Tischkin.

»Na, was meinst du wohl?«

»Keine Ahnung.«

»Du bist der einzige Mensch, bei dem ich keine Angst hatte zu sterben. Ich würde mich neben dich legen und vor gar nichts Angst haben.«

Das war eine Liebeserklärung.

Tischkin stand auf und ging zu ihr. Alina kam ihm entgegen.

Sie umarmten sich. Er drückte sie ganz fest an sich…

Dann sagte er: »Komm, wir legen uns hin…«

»Gut, aber angezogen.«

»Wie du willst.«

»Ja. Ich will es so. Damit der Krebs nicht zu dir rüberkriecht.«

»Tut er nicht. Der krebst zurück.«

Sie legten sich auf das Sofa. Angezogen. Tischkin streichelte ihre scharf hervorstehenden Schultern, ihre Arme, ihr Gesicht. Er liebte sie aus vollem Herzen, fühlte mit ihr, begehrte sie, lehnte sich auf gegen ihr Schicksal. Wozu wollte der Schöpfer dieses unschuldige Leben nehmen, das noch so jung war, so blühend…

Tischkin liebkoste sie still, vorsichtig, besorgt, keine Grenze zu übertreten.

Nie vorher hatte er eine so übermenschlich scharfe Wahrnehmung und Zärtlichkeit gespürt.

»Ich lasse dich nicht im Stich«, sagte Tischkin.

»Ich lasse *dich* im Stich«, antwortete Alina.

»Warum?«

»Weil ich sterbe.«

»Das wird nicht so sein. Ich will es nicht.«

»Das hängt nicht von dir ab.«

»Doch. Du kennst mich zu wenig.«

Alina setzte sich ein bisschen auf und sah Tischkin an.

Und plötzlich…

Tischkin begegnete ihrem Blick ehrlich.

»Du wirst nicht sterben«, schwor er. »Du wirst länger leben als alle und besser. Du wirst gesund werden, glücklich und reich.«

Alina ließ sich auf das Kissen sinken.

»Man sagt, der Körper ist vergänglich, und die Seele ist unsterblich«, setzte sie an. »Aber das Gegenteil ist der Fall. Der Körper geht nicht verloren, er geht nur in andere Formen über. Aber die Seele…«

Tischkin sann über ihre Worte nach. Und plötzlich schlief er ein.

Sie schliefen lange, den Rest der Nacht und die Hälfte des kommenden Tages.

Tischkin hatte es nicht eilig. Die Vorführung seines Filmes war erst am Abend, ziemlich spät, in irgendeinem Kulturhaus.

Tischkin schaffte es sogar noch, die Wohnung nass durchzuputzen. Und er wischte alle Oberflächen vom Staub frei, sogar die Gardinenstangen.

»Du kannst gut die Wände hochklettern«, sagte Alina erfreut. »Wie eine Kakerlake.«

Ein paar Jahre vergingen. Tischkin wurde vierzig. Er feierte es nicht. Man sagt, dass das Unglück bringt. Vierzig Jahre, und er war immer noch ein ›vielversprechender Anfänger‹. Es wuchsen schon weitere Anfänger nach, siebenundzwanzigjährige Regisseure. Sie eröffneten eine neue Ära, und Tischkins Stern begann schon zu sinken, ohne je wirklich geleuchtet zu haben.

Die neuen Zeiten erwiesen sich als schlechter, als zynischer als die alten. Früher gab es eine ideologische Barriere, jetzt gab es eine finanzielle. Wenn man Geld hatte, konnte man drehen, was immer man wollte.

Und wenn man kein Geld hatte, dann konnte man nur zu Hause bleiben. Also blieb Tischkin zu Hause.

Seine Tochter wurde dreizehn Jahre alt. Schon ein richtiges junges Mädchen. Sie sang gern und verkleidete sich gern. Und natürlich liebte sie ihren Papa und ihre Mama. Und ihr Papa und ihre Mama liebten sie. Anders konnte es ja gar nicht sein.

Tischkin hätte gern einen Film nach Romanen von Kuprin gemacht. Diese Literatur war sehr geeignet, sie schrie geradezu nach Verfilmung.

Kuprin war zu Unrecht in Vergessenheit geraten. Er war ein Mensch mit Funken von Genialität gewesen, ein starker Alkoholiker, und er war noch immer unglaublich modern. Ein typisch russischer Schriftsteller. Tischkin nahm einige seiner Erzählungen, mischte Teile davon durcheinander wie in einem Gemüseeintopf, und eine neue Geschichte entstand. Er wusste, wie man so etwas macht. Der zukünftige Film würde nächtelang gedreht werden. Er würde nichts anderes mehr tun können.

Der Film würde teuer werden. Kostüme, Dekorationen, gute Schauspieler. Billig zu drehen hätte geheißen, den Film zu verhunzen. Man würde anderthalb Millionen brauchen. Aber woher nehmen?

Der Staat gab nichts mehr. Der Staat spielte seine eigenen Spielchen, hatte sein eigenes Business. Wer brauchte schon diesen vom Karren gefallenen Tischkin? Er war vielversprechend, zugegeben. Er liebte seine Familie, na, wunderbar. Ein guter Kerl. Na und? Gab es denn wenige solcher guter Kerle und hungriger Künstler? Sollte er selbst sehen, wie er sich durchschlug.

Seine Frau entwickelte sich zur Hauptantriebskraft der Familie. Aus einem stillen jungen Mädchen war ein stiller Panzer geworden. Vorwärts und nur vorwärts. Und dazu noch lautlos.

Sie arbeitete in einem Reisebüro, verdiente so den Lebensunterhalt. Sie verschickte ganze Familien in die Türkei und nach Griechenland. Sie kamen braun gebrannt und fröhlich zurück. In letzter Zeit war das Reisen schwieriger geworden: hier ein Erdbeben, dort ein Tsunami, und zu allem Überfluss auch noch Terrorakte. Aber Russland war schon immer das Land der unerschrockenen Dummköpfe gewesen. Sie reisten in der Welt herum und fürchteten sich vor gar nichts. Es würde schon alles gut gehen.

Das Reisebüro lief auf Hochtouren.

In diesem Jahr hatte Lena beschlossen, ihren Mann nach Israel, ans Tote Meer zur Erholung zu schicken. Die Salzkonzentration dort hatte durchschlagenden Erfolg bei Hautkrankheiten. Das Salz heilte alle Entzündungen. Der Schlamm wirkte Wunder. Ihr Mann war ihr mehr wert als Geld. Wozu Geld verdienen, wenn man es nicht ausgab.

Lena buchte für ihren Mann ein Zimmer in einem Hotel namens ›Lot‹. Genannt nach jenem biblischen Lot, der mit seiner Familie in Sodom und Gomorra gelebt hatte.

Tischkins Flug dauerte über drei Stunden. Dann fuhr er in einem Minibus quer durch Israel. Der Minibus ging auf der Fahrt kaputt. Man wartete, dass ein anderer Wagen geschickt wurde. Der Fahrer, ein Beduine, hörte Musik. Die Touristen saßen da und warteten, brav wie die Schafe.

Tischkin bemerkte verbittert, dass die Schlamperei wohl überall die gleiche war. Der Beduine hätte den Bus vor der Abfahrt überprüfen müssen. Hatte er aber nicht. Jetzt saß er da, die Kopfhörer eingestöpselt, und wiegte seinen runden Kopf im Takt der Musik hin und her.

Einer der russischen Touristen erbot sich, dem Beduinen die Schnauze einzuschlagen, aber andere waren heftig dagegen. Sie sagten, so was könne man hierzulande nicht machen. Es käme Polizei, und es gäbe Strafen, wenn sie einen nicht sogar einsperren würden. Und der ganze Urlaub wäre im Eimer. Der Beduine sei das nicht wert.

Der Beduine hörte weiterhin Musik. Er verstand kein Russisch, aber die angespannte Stimmung ging auf ihn über. Er schrie etwas Aggressives in einer unverständlichen Sprache. Vermutlich fluchte er. Es wurde schon langsam dunkel. Tischkin saß da und sinnierte vor sich hin: Die Schlamperei war offensichtlich dieselbe, aber die Gesetze waren strenger. Und die Gesetze funktionierten hier, im Gegensatz zu Russland.

Spätabends kamen sie doch noch im Hotel an. Das Abendessen stand im Zimmer bereit. Tischkin trat ans Fenster. Das Meer konnte er nur vermuten, denn es war nicht zu erkennen in der samtigen Schwärze.

Die Hauptsaison war zu Ende, es waren die letzten Oktobertage.

Das Publikum bestand aus dem ›Herbst des Lebens‹, einfacher gesagt, aus alten Männern und alten Frauen.

Tagsüber standen sie im Meer unter einem Segeltuchdach und schnatterten laut wie die Gänse. Die russische Sprache war vorherrschend. Die Emigranten aus Russland nannte man hier ›die Russen‹.

›Die Russen‹ stellten im Chor fest, dass man wirklich besser in Israel alt wurde, denn der Staat kümmert sich hier um einen, es reichte fürs Essen und sogar für einen Urlaub.

Das Einzige, was einen bedrückte, waren die ständigen Bombenanschläge. Einer gewissen Fira sei der Sohn dabei umgekommen! Und man hatte direkt Angst, diese Fira wiederzusehen. Wozu war dieses Land das Gelobte Land, wenn einem hier die Kinder starben…

Tischkin lernte, sich flach im Wasser liegend auf dem Rücken zu halten, wenn er dabei mit den Beinen leichte Bewegungen wie beim Fahrradfahren machte. Das Meerwasser trug einen, das entlastete die Wirbelsäule; Sonnenstrahlen durchbrachen den salzhaltigen Wasserdampf. Um ihn her erstreckte sich glitzernd das Tote Meer, prall wie Quecksilber. An dieser Stelle war es nicht tief. Drüben am jordanischen Ufer konnte man Hotels erkennen und sogar ein paar kleine Gebäude, die fast wie Garagen aussahen.

In Tischkin breiteten sich Entzücken und ein Gefühl von Freiheit aus. Er wusste, dass in zwei Wochen alles vorbei wäre. Er würde nach Moskau zurückkehren, er würde wieder in der Unsicherheit hängen wie eine Fliege in Glycerin.

Der Kuprin-Film würde wieder sein Gehirn besetzen, es würden die Erniedrigungen beginnen: hingehen, bitten, etwas beweisen müssen. Aber das würde noch nicht so schnell passieren.

Nun hatte er erst einmal vierzehn Tage, jeder Tag eine kleine Ewigkeit, also hatte er vierzehn Ewigkeiten.

Tischkin schaukelte hin und her wie ein Tretboot auf dem Weg nach Jordanien. Wenn er wollte, konnte er wohl bis dorthin strampeln. Eine Überfahrt mit dem Boot dauerte kaum vierzig Minuten.

Wenn man das Gesicht dem Ufer zuwandte, hatte man die biblische Landschaft vor sich. Die beigefarbenen Hügel lagen wie Sphinxe da. Irgendwo hier, ungefähr einen Kilometer entfernt, war eine Salzsäule, die an eine dicke Frau mit schulterlangen Haaren erinnerte. Man sagte, dass das Lots Weib sei.

Den Strand entlang ging einer der Rettungsschwimmer.

Es war ein marokkanischer Jude, jung, stolz, mit gut entwickelter Muskulatur, aber feinen Gesichtszügen.

Tischkin sinnierte, wie wohl Christi Jünger ausgesehen haben mochten oder Jesus selbst. Übers Wasser ging er, Tischkin – o Wunder! – ja nun fast selbst. Das salzhaltige Wasser ließ einen nicht untergehen.

Die lebendige Ewigkeit. Nichts hatte sich verändert seit dieser Zeit. Wie es einst gewesen war, so war es noch immer; die Sphinx-Hügel, der weißliche Himmel, die Meeresschale voller Sonnenfunken.

Es wurde einem empfohlen, sich etwa zwanzig Minuten im Meereswasser aufzuhalten, dann aus dem Wasser zu gehen und das Salz unter der Dusche abzuwaschen. Aber

Tischkin blieb eineinhalb Stunden im Meer. Er nahm das Salz durch die Haut auf, atmete den salzigen Dampf tief in die Lungen ein. Er wollte sich mal so richtig auskurieren.

Der Rettungsschwimmer sprang auf sein kleines Boot, und obwohl er nur mit einem Ruder ruderte, holte er Tischkin mitten auf dem Meer ein und forderte ihn auf umzukehren. Tischkin hockte sich in eine Ecke des kleinen Bootes, und so kehrten sie zusammen zurück, wie zwei Azteken, beide gut gebaut und braun gebrannt.

Am Strand standen Kinder verschiedenster Nationalitäten und schauten ihnen zu. Vom Leben erschöpfte, alte Kinder.

Tischkin bemerkte, dass sehr viele der Touristen Deutsche waren. Die Krankenkassen bezahlten ihren Psoriasis-Patienten die Kur am Toten Meer.

Auch Israel schickte seine Pensionäre mit guten Rabatten zu einer fünftägigen Kur hierher. Jede Woche kam eine neue Gruppe.

Eine groß gewachsene alte Frau in einem Baumwollbademantel sah Tischkin lange an. Dann fragte sie: »Sind Sie aus Aschdod?«

»Nein«, sagte Tischkin.

»Sind Sie aus Berschewa?«, fragte die Alte aufdringlich.

»Ich bin aus Moskau«, antwortete Tischkin.

»Ich weiß. Aber wie sind Sie hierhergekommen?«

»Einfach so, Ticket gekauft und gekommen.«

»Für fünf Tage?«

»Wieso für fünf Tage? Für zwei Wochen.«

»Aber das ist doch sehr teuer«, sagte die Alte ganz aufgeregt. »Was haben Sie dafür bezahlt?«

Tischkin bemerkte, dass um ihn her am Strand jetzt alle zuhörten. Er hatte keine Lust, hier seine Verhältnisse auszubreiten, aber lügen mochte er auch nicht. Tischkin nannte den Preis.

»Das ist aber viel…«, sagte die alte Frau staunend. »Woher haben Sie so viel Geld? Sie sind sicher ein Geschäftsmann, nicht wahr?«

»Nun ja… man kann schon sagen, dass ich eine Art Geschäft betreibe«, sagte Tischkin, um sich aus der Affäre zu ziehen.

»Und was für eins?«

Tischkin wollte das Reisebüro, in dem Lena arbeitete, nicht nennen. Er wollte seine Frau überhaupt aus dem Spiel lassen. Was ist das schließlich für ein Mann, der das Geld und die Beziehungen seiner Frau benutzt?

»Ich drehe Filme.«

»Worüber?«

»Über Menschen.«

»Dann sind Sie also Regisseur?«

»Ah, ja…«

»Entschuldigen Sie, aber welche Filme haben Sie denn gemacht?«

Die alte Frau erwies sich als insistierend, aber sympathisch.

Sie war einfach neugierig, genau wie Lots Weib.

»Ich habe zwei Filme gemacht«, sagte Tischkin und nannte die Titel.

»Dann sind Sie also Tischkin? Sergej Tischkin?«, fragte die Alte mit erstaunt hochgezogenen Augenbrauen und runden Augen.

»Ja…«, sagte Tischkin, jetzt leicht verstört. Er hatte nicht erwartet, dass jemand seinen Namen kennen würde.

Plötzlich hörte er verhaltenes Klatschen. Tischkin drehte sich um. Die Leute erhoben sich von ihren Plastikstühlen und applaudierten. Ihre Gesichter waren ernst und feierlich.

»Wir schauen uns hier alle russischen Filme an«, erklärte die alte Frau. »Wir kennen Sie alle. Durch Ihre Filme haben wir so viel Vergnügen empfunden! Haben Sie vielen Dank dafür…«

Tischkin lächelte verlegen. Seine Augen brannten, als wäre Salz hineingeraten. Vielleicht war es ja auch so.

Er ging unter die Dusche. Dort stand er und weinte.

Also war das Leben doch nicht einfach so vorbeigerauscht. Nicht ein einziger Tag war vergebens gewesen.

Abends gab es nicht viele Möglichkeiten, sich zu amüsieren.

Im Hotel war eine Tanzveranstaltung. Ältere Paare traten mit ausdruckslosem Gesicht auf der Stelle.

Montags und donnerstags sang ein Schwarzer mit einem kleinen sehr beweglichen Kopf. Er sang englisch. Seine Stimme war gut, aber es war trotzdem langweilig, ihm zuzuhören.

Tischkin dachte: Der Gesang übermittelt etwas vom Geist des Sängers, oder auch sein Fehlen. Daran, *wie* jemand singt, wird immer offensichtlich, *wer* singt.

Dienstags und freitags kam Mischa, ein Ingenieur aus Leningrad, jetzt Petersburg. Er wohnte nun im Nachbarstädtchen Arad und verdiente sich in den Hotels am Toten Meer etwas dazu. Er sang sowjetische Lieder aus den Siebzigerjahren. Die Lieder waren wundervoll, und Mischa sang sehr gut, wenn auch auf amateurhafte Art. Aber die Melodien drangen ins Herz und sogar noch tiefer, sie gingen ins Blut. Es war unmöglich, sich dem zu entziehen. Die russischen Juden sangen begeistert mit. Sie sehnten sich nach ihrer Jugend, nach Russland. Aber Russland sehnte sich wohl kaum nach ihnen. Es war eine einseitige Liebe.

Am Schabbat sang immer eine untersetzte Jüdin, sie sang auf Neuhebräisch. Das Klangbild, das entstand, war wie eine Quelle, die in der Tiefe der Zeit entsprang, in der Tiefe der Kultur. Und sogar das Timbre ihrer Stimme war etwas Besonderes, etwas nicht Europäisches.

Die russischen Juden lauschten, bezaubert von dieser speziellen Harmonie. Sie war ihnen nicht wirklich vertraut, und doch fühlten sie sich dorthin gezogen, als wenn etwas aus den Tiefen des Ozeans nach ihnen riefe.

Tischkin saß bescheiden in seiner Ecke und verstand, oder besser gesagt erahnte dieses Volk. Man hatte es vertrieben, mit Pogromen geschlagen, in Öfen verbrannt.

Aber es war aus der Asche wiederauferstanden und vermischte noch immer Fleischiges nicht mit Milchigem. Die jüdische Frau findet zu Gott über ihren Ehemann. Die Familie ist heilig. Nur deshalb war das jüdische Volk nicht ausgelöscht worden, sondern hatte trotz allem überlebt. Darum wurde die Familie zur nationalen Idee.

Die älteren Paare bewegten sich zur Musik, wobei sie sich aneinander festhielten. Im sogenannten goldenen Alter vergeht die Zeit schnell, sie wäscht alles weg und trägt fort im Nu. Das Wichtigste ist, sich an einen nahestehenden

Menschen zu klammern und sich festzuhalten. Und so hielten sie einander gegenseitig fest, vor aller Augen.

Tischkin sah zu, lauschte, und – so seltsam das war – er arbeitete. Zur Musik kamen ihm die verschiedensten Ideen in den Kopf. Ein Filmschluss baute sich langsam auf. Den Anfang hatte er längst ersonnen. Es würden Dokumentaraufnahmen aus der damaligen Zeit sein. Es juckte ihn geradezu in den Fingern, so sehr wollte er arbeiten.

So losgelöst von zu Hause, fiel Tischkin Alina wieder ein.

In den letzten Tagen ging sie ihm gar nicht mehr aus dem Kopf. Wo sie wohl jetzt war? Wie es ihr ging…

Er hatte Alina seit jener Zeit oft versucht anzurufen, aber niemand war an den Apparat gegangen.

Dann, endlich, war eine unbekannte Stimme am Apparat gewesen und sagte: »Die wohnt hier nicht mehr.«

»Und wo wohnt sie jetzt?«, hatte Tischkin gefragt.

»Nirgendwo«, hatte die Stimme grob geantwortet und aufgelegt. Dem Mann hatte es wohl gereicht mit den Anrufen und den Fragen.

Aber vielleicht wohnte sie inzwischen tatsächlich ›nirgendwo‹, nur noch in Tischkins Erinnerung. Wie ein zäher geronnener Klumpen Leidenschaft. Und ein geronnener Klumpen Mitleid. Das wusch sich nicht weg mit der Zeit. Das blieb für immer in ihm.

In diesem Viertel gab es nur eine einzige Allee, über die riesige Busse hin und her fuhren, sie schnurrten wie Motorräder die Straße entlang. Wenn man diesen gefährlichen Weg überquert hatte, stand man vor einer Sackgasse, die gesäumt war von kleinen Geschäften. An ihrem Ende stand eine improvisierte Bühne, davor Tische und Stühle.

Abends schaltete man einen großen Fernsehapparat ein, und alle Bewohner des Ortes versammelten sich davor. Sie waren braun gebrannt und dunkelhaarig, die Männer trugen weiße Hemden und schwarze Hosen. Sie ähnelten Armeniern, Italienern oder irgendeinem anderen südlichen Volk. Gemeinsam schauten sie sich Sportübertragungen an und tranken maßvoll Bier dazu. Touristen schlenderten vorbei, setzten sich ebenfalls an die kleinen Tische.

Die Deutschen unterschieden sich wohltuend vom Rest durch ihre Zurückhaltung in Kleidung und Verhalten. Die russischen Juden übertrumpften sich gegenseitig mit Körper und Stimme. Es war der allgegenwärtige Wunsch, sich gegenüber anderen hervorzutun.

Tischkin ging auch hier vorbei und sah sich um: Mit wem hätte er den Abend verbringen mögen? Mit wem die Zeit totschlagen? Mit wem ›Vergnügen empfinden‹, wie die alte Frau gesagt hatte.

Und plötzlich trugen ihn die Füße wie von allein vorwärts, dorthin, wo ganz allein eine unglaublich gut aussehende Deutsche saß, die von Weitem Alina glich. Tischkin sah nur zwei Farben: Weiß und Gold. Weiße Kleidung, goldfarbene Haut und golden schimmernde Haare. Sie trug als Schmuck nur ein dickes Armband, ebenfalls in Gold.

Tischkin trat näher und blieb stehen. Er wollte sie um Erlaubnis bitten, sich an ihren Tisch zu setzen, aber er wusste nicht, in welcher Sprache er sie anreden sollte.

»Bist du das?«, fragte da die Deutsche auf russisch. »Ja, was machst du denn hier?«

»Das, was alle hier machen«, antwortete Tischkin.

Es war tatsachlich Alina. Tischkin traute seinen Augen nicht.

»Setz dich doch«, sagte Alina.

Tischkin setzte sich hin.

Sie wussten beide nicht, wie ein Gespräch beginnen. Er genierte sich zu fragen: ›Und wie steht es mit deinem Krebs?‹ Aber genau das war die Hauptfrage.

»Ich hab dich angerufen, aber du bist umgezogen …«

»Ja, nach Deutschland«, sagte Alina.

»Dann wohnst du also in Deutschland?«, fragte Tischkin verwundert.

»Ja, auch in Deutschland.«

»Und wo noch?«

»Da, wo ich will.«

»Hast du einen Millionär geheiratet?«

»Ich habe Karawajtschuk geheiratet.«

»Wirklich?« Tischkin war verblüfft.

»Wieso denn nicht?«

»Du hast ihn doch gar nicht geliebt.«

»Stimmt. Ich habe dich geliebt. Aber du warst wer weiß wo. Und Karawajtschuk war da.«

Das war nur gerecht. Tischkin schwieg einen Moment.

»Und wie geht's dir?«, fragte Alina.

»Schlecht. Ich drehe nicht. Sitze einfach da und werde alt. Ich bin hergekommen, um diesen Prozess ein bisschen abzubremsen. Alles tut mir weh, vor allem die Seele.«

»Wieso drehst du nicht?«

»Kein Geld. Der Staat gibt ein Drittel. Den Rest muss ich irgendwie selbst auftreiben. Aber niemand gibt ihn mir.«

»Und wie viel brauchst du?«, fragte Alina.

»Anderthalb Millionen… Dollar«, sagte Tischkin.

»Ich gebe sie dir.«

»Du hast anderthalb Millionen Dollar?«, fragte Tischkin ungläubig.

»Ich hab noch viel mehr.«

Der Kellner kam. Tischkin bestellte sich einen Whisky und für Alina einen Fruchtsaft.

»Ist das Karawajtschuks Geld?«, fragte er.

»Wieso? Ich habe mein eigenes Business.«

»Was für eins?«

»Keine Panik. Drogen sind es nicht.«

»Womit kann man denn sonst so viel Geld verdienen?«

»Ich habe die Gabe, das, was mir unter die Füße kommt, in Geld zu verwandeln.«

»Hast du eine Müllverbrennungsanlage?«

Alina zog erstaunt die Augenbrauen hoch.

»Unter die Füße kommt einem doch nur Abfall, sonst nichts.«

»Häng dich da nicht rein«, meinte Alina. »Das verstehst du sowieso nicht. Jeder hat sein eigenes Talent. Du drehst Filme, und ich bin Geschäftsfrau.«

»Hat dich Karawajtschuk groß rausgebracht?«

»Er hat mir das Startkapital gegeben. Groß rausgebracht hab ich mich selbst.«

Der Kellner brachte den Whisky in einem schweren Glas und Salznüsse dazu. Den Saft stellte er vor Alina hin.

Tischkin zahlte. Alina ließ ihn, Gott sei Dank, machen. Taktvollerweise kramte sie gar nicht erst ihr eigenes Geld hervor.

»Ich hätte dir kein Startkapital geben können. Ich hätte dir nur Kopfschmerzen bereiten können«, bemerkte Tischkin.

»Du hast mir viel mehr gegeben.«

»Das kapier ich nicht…«

»Weißt du noch, du hast dich zu mir gelegt… Du hast dich nicht geekelt… Danach ist mit mir was passiert. Ich hab mich vor mir selbst nicht mehr geekelt. Ich hab angefangen, mich selbst zu lieben… Wenn das nicht gewesen wäre, wäre ich gestorben. Du hast mir das Leben gerettet. Das ist viel mehr wert als anderthalb Millionen.«

»Aber du wirst sie nicht mehr reinholen«, warnte Tischkin sie ehrlich. »Dieser Film spielt heutzutage das Geld nicht mehr ein. Es wird einfach futsch sein.«

»Ach, hol's der Teufel«, sagte Alina leichthin. »Wenn ich diese Summe nicht mehr reinhole, kommt von sonst wo was her. Damit Geld reinkommt, muss man welches ausgeben. Wenn du frische Luft willst, musst du Durchzug machen.«
Tischkin trank seinen Whisky und konnte die Augen nicht von Alina lassen. Er sah sie auf einmal auf dreifache Weise. Einmal – jung und arm. Einmal – todkrank und geschunden. Und einmal – so wie jetzt, stark und unabhängig.

Die Herrin ihres Lebens. Drei verschiedene Gestalten.

Aber sie hatten alle etwas gemeinsam – den goldenen Inbegriff des Weiblichen, der Frau an sich. Und sie war *die* Frau für ihn. Es hatte Tischkin immer zu ihr hingezogen. Und auch jetzt war das noch so.

»Wo ist Karawajtschuk eigentlich?«, fragte Tischkin unvermittelt.

»In unserem Hotelzimmer. Er schaut Fußball. Wieso?«

Tischkin sah sie lange an. Sie war schöner als früher, war wie gereifter Wein.

»Liebst du mich noch?«, fragte er.

»Nein, nein…«, sagte Alina erschrocken. »Besser gesagt, ja. Aber – nein.«

»Alles klar.«

Die anderthalb Millionen trennten sie scharf voneinander. Tischkin hätte auf das Geld verzichten können, aber das hätte geheißen, auf den Film zu verzichten. Und der Film war für ihn wichtiger als die Liebe, wichtiger als die Familie, er war so wichtig wie das Leben selbst.

»Denkst du manchmal an das, was gewesen ist? Oder möchtest du es vergessen?«, fragte Tischkin.

Alina steckte sich eine Zigarette an. »Bevor Gott einem etwas schenkt, prüft er einen. Ohne Prüfung keine Belohnung.«

»Glaubst du das wirklich?«

»Wieso denn nicht? Das hast du mir doch selbst alles mal gesagt.«

»Aber ich habe nicht Gott gemeint…«

»Weißt du, wie man sich hier an Gott wendet? ›Adonai‹, das heißt ›mein Gott‹…«

Das Mobiltelefon klingelte. Alina nahm es aus ihrer Tasche und hielt es ans Ohr. Das kleine Telefon war ebenfalls weiß und goldfarben. Es war wohl ein wichtiges Gespräch. Alina zuckte mit keiner Wimper und gab Anweisungen. Eine neue Alina schälte sich da heraus, gut organisiert und hart im Nehmen, eine, die er früher nicht gekannt hatte.

Tischkin stand auf und verabschiedete sich. Alina unterbrach für einen Moment das wichtige Gespräch.

»Gib an der Rezeption deine Kontonummer für mich ab«, wies ihn Alina an.

»Ich habe kein Konto.«

»Dann eröffne eins.«

»Hier?«, fragte Tischkin verständnislos.

»Besser hier. Ist sicherer.«

Alina wandte sich wieder ihrem Handy zu. Das hatte sie früher schon gekonnt: sofort umschalten, ohne jeglichen Übergang.

Tischkin ging zu seinem Hotel.

Die Hitze stand nur so, keinerlei Luftzug war zu bemerken. Es war drückend heiß, und ihm war irgendwie traurig zumute. Er hätte stehen bleiben wollen und erstarren. Sich in eine Salzsäule verwandeln wie Lots Weib.

Eine Katze lief vorbei. Sie war anders als die Katzen in Russland, war wie eine ägyptische Katze auf Kleopatras Schoß: ein langer Körper, die Ohren spitz, schmales Gesicht, kurzhaariges Fell. Das war kein Schmusekätzchen, so eine wollte man nicht auf den Arm nehmen.

Am Strand zog sich Tischkin ganz aus und ging nackt ins Meer. Die tiefe Schwärze der südlichen Nacht verbarg seine Blöße zuverlässig. Das Meer war kaum kühler als die Luft und umarmte ihn wie eine Frau.

Eine Fliege setzte sich auf sein Gesicht. Woher kam die nur? Das Tote Meer hieß schließlich so, weil hier nichts wuchs und nichts lebte. Es gab keinerlei Fauna. Tischkin vertrieb die Fliege. Sie kam wieder. Da wischte er sein Gesicht mit der salzwassernassen Hand ab – die Fliege verschwand.

Nicht weit weg bewegte sich plötzlich ein Kopf.

»Was?«, fragte Tischkin. Es kam ihm so vor, als habe der Kopf etwas gesagt.

»Ich bete«, sagte eine Frauenstimme. »Ich komme nachts hierher und spreche mit Gott.«

»Auf Russisch?«, fragte Tischkin.

»Nein. Auf Hebräisch.«

»Wie klingt das?«

Die Frau begann etwas Unverständliches zu reden.

Tischkin fing nur ein Wort auf: ›Adonai‹.

»Und was erzählen Sie ihm?«, fragte Tischkin.

»Nun ja… kurz gesagt… danke für alles, was du mir geschenkt hast. Und dass alles so weitergeht wie bisher. Nicht schlechter.«

»Und kann man auch erbitten, dass es besser weitergeht als bisher?«

»Das wäre unbescheiden.« Die Frau schwamm davon und löste sich in der Nacht auf.

Am gegenüberliegenden Ufer blinkten die Lichter der Hotels. Hinter den Hotels lag eine Anhöhe, und die Lichter waren dort auf verschiedenen Ebenen wie hingeworfen von einer großen Hand.

»Adonai«, setzte Tischkin an, »danke für alles, was du mir geschenkt hast: mich selbst, meine Eltern und meine Tochter. Im großen Ganzen brauche ich auch nicht mehr. Aber –«, beim letzten Wort überlegte Tischkin.

›Talent‹ zu sagen wäre unbescheiden gewesen. Vielleicht ›Berufung‹, ja, das ging.

»Meine Berufung quält mich. Sie lässt mich nicht in Frieden leben. Erlaube mir –«, Tischkin suchte das nächste

Wort, »– meine Berufung zu verwirklichen. Du hast doch gesehen, wie man mir applaudiert hat. Also brauchen die Menschen das, aus irgendeinem Grund… Aber sogar, wenn sie es nicht bräuchten, so brauche ich es doch. Und vielleicht auch du…«

Dann betrachtete Tischkin lange den Himmel. Sogar der Himmel war hier anders als in Russland. Der Große Bär stand an einer anderen Stelle.

F. SCOTT FITZGERALD

Danke für das Feuer

Mrs. Hanson war eine hübsche, leicht verblühte Frau von vierzig Jahren, die als Handlungsreisende Mieder und Hüfthalter verkaufte. Von Chicago aus war sie viele Jahre lang in der Gegend um Toledo, Lima, Springfield, Columbus und Indianapolis bis nach Fort Wayne im Einsatz gewesen. Und weil ihre Firma westlich des Ohio fester verwurzelt war, kam ihre Versetzung nach Iowa, Kansas und Missouri einer Beförderung gleich.

Mit ihren alten Kunden war sie so vertraut gewesen, dass sie gern mit ihnen plauderte – nach Geschäftsabschluss hatte sie in den Büros der Einkäufer nicht selten einen Drink oder eine Zigarette angeboten bekommen. Das war in ihrem neuen Einsatzgebiet, wie sich bald herausstellte, anders. Nicht nur, dass man ihr keine Zigaretten mehr anbot. Auf die Frage, ob sie rauchen dürfe, entgegnete man ihr mehr als einmal ohne großes Bedauern: »*Mir* würde es überhaupt nichts ausmachen, aber es hat einen schlechten Einfluss auf die Angestellten.«

»Oh, natürlich, ich verstehe.«

Manchmal war es ihr ein dringendes Bedürfnis zu rauchen.

Die Arbeit war anstrengend, und wenn sie rauchte, kam sie zur Ruhe. Sie war Witwe, hatte keine engen Verwandten, denen sie abends hätte schreiben können, ihre Augen vertrugen nicht mehr als einen Kinobesuch in der Woche, und so war das Rauchen zu einem unentbehrlichen Gedankenstrich im langen Satz ihres Arbeitstags geworden. In der letzten Woche der ersten Reise in ihr neues Gebiet kam sie nach Kansas City. Es war Mitte August; sie hatte sich unter all den neuen Kunden der vergangenen zwei Wochen etwas einsam gefühlt, deswegen freute sie sich, als sie am Empfang einer Firma auf eine Bekannte aus Chicago traf. Bevor Mrs. Hanson sich anmelden ließ, nahm sie kurz Platz und erfuhr im Verlauf des Gesprächs ein paar Dinge über den Mann, mit dem sie gleich sprechen würde.

»Meinen Sie, es stört ihn, wenn ich rauche?«

»Was? Meine Güte, ja doch!«, sagte ihre Bekannte. »Er hat gespendet – für ein Rauchverbot.«

»Oh, danke für den Hinweis – vielen, vielen Dank.«

»Sie sollten sich hier besser vorsehen«, sagte ihre Bekannte. »Vor allem bei Männern über fünfzig, solchen, die nicht im Krieg waren. Mir hat mal jemand gesagt, keiner, der im Krieg war, hat was gegen Raucher.«

Bei ihrem nächsten Termin traf Mrs. Hanson auf die Ausnahme.

Ein angenehmer junger Mann, hätte man meinen können, der jedoch die Zigarette, mit der sie gegen ihren Daumennagel klopfte, dermaßen verwundert anstarrte, dass Mrs. Hanson sie rasch wieder einsteckte. Er zeigte sich erkenntlich, indem er sie zum Lunch einlud; eine Stunde später hatte sie eine große Bestellung entgegengenommen.

Anschließend bestand er darauf, sie zu ihrem nächsten Termin zu fahren. Dabei hatte sie eigentlich vorgehabt, sich in der Nähe ein Hotel zu suchen und in der Damentoilette ein paar Züge zu paffen.

Es war einer dieser Tage, die sie vor allem mit Warten zubrachte. Alle hatten viel zu tun, kamen zu spät, und wenn sie dann endlich kamen, handelte es sich um hagere Männer, die wenig Verständnis für anderer Leute Schwächen hatten, oder um Frauen, die sich die Ansichten solcher Männer bewusst oder unbewusst zu eigen gemacht hatten.

Sie hatte seit dem Frühstück nicht mehr geraucht, und mit einem Mal ging ihr auf, dass dies der Grund für die vage Unzufriedenheit war, die sie nach jedem Termin empfand, mochte er geschäftlich noch so erfolgreich verlaufen sein. Sie sagte: »Unser Produkt ist einzigartig. Auch wir verwenden Gummibänder und Baumwolle – aber die Verarbeitung macht den Unterschied. Dreißig Prozent Steigerung des landesweiten Reklameaufkommens sprechen für sich.«

Dabei dachte sie: »Drei Mal ziehen, und ich würde sogar altmodisches Fischbein loswerden.«

Ein letzter Termin stand noch an, aber erst in einer halben Stunde. Zeit genug, ins Hotel zu fahren. Aber es war kein Taxi in Sicht, also ging sie zu Fuß und dachte: »Vielleicht sollte ich mit dem Rauchen aufhören. Langsam komme ich mir vor wie eine Drogensüchtige.«

Vor ihr erhob sich die katholische Kathedrale. Wie groß sie wirkte – auf einmal hatte Mrs. Hanson eine Idee. Wo doch schon so viel Weihrauch in die Türme und zu Gott aufgestiegen war, was machte da ein bisschen Rauch im Vorraum für einen Unterschied? Warum sollte es den lieben Gott stören, wenn eine erschöpfte Frau im Vorraum ein paar Züge nahm? Sie war zwar nicht katholisch, nahm aber doch Anstoß an diesem Gedanken. War ihr die Zigarette wirklich so wichtig, selbst wenn sie andere Leute damit brüskieren würde? Wobei – Ihm würde es nichts ausmachen, dachte sie wieder. Zu Seiner Zeit war Tabak ja noch nicht einmal entdeckt gewesen …

Sie betrat die Kirche. Im Vorraum war es dunkel, und sie tastete in ihrer Handtasche nach Streichhölzern, fand aber keine.

»Dann stecke ich sie mir an einer Kerze an«, dachte sie.

Das dunkle Kirchenschiff wurde nur an einer einzigen Stelle von einem Tupfen Licht erhellt. Sie ging durch den Mittelgang, hin zu dem hellen Schimmer, der, wie sie nun sah, kein Kerzenlicht war und schon bald vergehen würde – ein alter Mann war gerade dabei, die letzte Öllampe zu löschen.

»Das sind Votivgaben«, sagte er, »abends machen wir sie aus. Wir denken, dass die Spender dankbar sind, wenn wir die Lichter für den nächsten Tag aufsparen, statt sie die ganze Nacht brennen zu lassen.«

»Verstehe.«

Er löschte die letzte Lampe. Es war jetzt dunkel in der Kathedrale, bis auf einen elektrischen Leuchter hoch über ihr und das Ewige Licht vor dem Allerheiligsten.

»Gute Nacht«, sagte der Küster.

»Gute Nacht.«

»Sie sind wohl hergekommen, um zu beten?«

»So ist es.«

Er ging in die Sakristei. Mrs. Hanson kniete nieder und betete.

Es war lange her, dass sie gebetet hatte, und sie wusste

nicht, wofür sie beten sollte – also betete sie für ihren Arbeitgeber und für ihre Kunden in Des Moines und Kansas City. Als sie fertig war, richtete sie sich wieder auf. Sie war es nicht gewöhnt zu beten. In einer Nische zwei Meter über ihr blickte ein Madonnenbild auf sie herab.

Sie betrachtete es im Halbdunkel. Dann ließ sie sich müde auf die Kirchenbank sinken. Ihr war, als käme die Jungfrau zu ihr hernieder, ganz wie in dem Theaterstück *Das Mirakel*, um Mieder und Hüfthalter zu verkaufen, bis zur Erschöpfung, genau wie sie. Dann muss Mrs. Hanson für ein paar Minuten eingeschlafen sein …

… Sie erwachte mit dem Gefühl, dass irgendetwas anders war. Erst nach und nach bemerkte sie den vertrauten Geruch, Weihrauch war es nicht, ihr Finger schmerzte. Da erkannte sie, dass die Zigarette, die sie in der Hand hielt, angezündet war – dass sie brannte.

Noch zu benommen, um einen klaren Gedanken zu fassen, tat sie einen Zug, damit das zarte Licht nicht verlosch.

Dann sah sie noch einmal hinauf zu der schemenhaften Madonna im Dämmer der Nische.

»Danke für das Feuer«, sagte sie.

Aber das war nicht genug, also kniete sie nieder, während der Rauch der Zigarette zwischen ihren Fingern emporkräuselte.

»Vielen Dank für das Feuer.«

EMANUEL BERGMANN

Mahalo

1

Lucy O'Malley freute sich auf ihren Tod. Für sie war das Ende nur ein neuer Anfang – der erste Schritt einer wundersamen Reise, wie sie mir mal gesagt hatte. Diesen Schritt wollte sie auf Hawaii gehen, genau genommen auf Maui. Das war ihr Traum. Oder zumindest war es der letzte Traum, der ihr noch geblieben war.

Ich habe Lucy O'Malley auf der Arbeit kennengelernt. Damals – das war in den Neunzigerjahren – hatte ich gerade als Botenjunge bei einem großen Filmstudio in West Los Angeles angefangen, und ich war sehr aufgeregt: Seit je ein Filmfan, fand ich es herrlich, den ganzen Tag mit einem knallgelben Fahrrad über das Gelände zu radeln, zwischen Werkstätten, Schneideräumen und Studiohallen. Ich musste wichtige Dokumente überbringen, und ab und zu konnte ich sogar bei Dreharbeiten Mäuschen spielen. Alle kannten mich. Besonders die Sekretärinnen in den Chefetagen, die meine Briefe und Pakete entgegennahmen. Eine von ihnen war Lucy O'Malley. Sie war zu der Zeit bereits Anfang sechzig, stand kurz davor, in Rente zu gehen. Eine kleine, dicke, freundliche Person mit kurzem, strohblondem Haar, das in alle Richtungen abstand, hatte sie immer ein Lächeln für mich. Sie war die Sekretärin von Tom Moscowitz, dem damaligen Chef der Rechtsabteilung, deren Büros sich bezeichnenderweise im dreizehnten Stock eines Bürohauses am Rand des Studiogeländes befanden. Lucy O'Malley saß im Vorzimmer, mit dem Rücken zum Panoramafenster. Hinter ihr erstreckte sich die riesige Stadt wie ein Flickenteppich bis zum silbergrauen Pazifik. Wenn ich einen Brief ablieferte oder abholte, kamen wir ins Gespräch.

Lucy war auf Nantucket zur Welt gekommen, vielleicht rührte daher ihre Faszination für Inseln. Nantucket liegt auf der anderen Seite Amerikas, etwa fünfzig Kilometer östlich von Cape Cod im Atlantik. Dort ging sie in den Vierzigerjahren zur Grundschule, als der Zweite Weltkrieg noch nicht vorbei war und niemand wusste, ob die Guten oder die Bösen gewinnen würden. Anfang der Fünfziger machte sie ihren Highschool-Abschluss. Damals war das Schicksal der Frauen vorgezeichnet: Sie hatten einen Mann zu finden und anschließend den Haushalt zu führen, was Lucy auch tat. Sie heiratete, fügte sich, allerdings nur zähneknirschend. Ihr Mann fuhr jeden Tag mit der Fähre nach New Bedford, auf dem Festland. Zwei Stunden hin, zwei Stunden zurück, montags bis freitags. Er arbeitete bei einem Versicherungsunternehmen. Nach Feierabend trank er zu Hause Cocktails, wie das damals so war: Whiskey on the Rocks oder Gin Martini.

Sie saß auf Nantucket fest. In ihrem kleinen Einfamilienhaus war sie eine Gefangene. Erst recht, als sie schwanger wurde und eine Tochter zur Welt brachte, die sie Elizabeth taufte. Liz. Schwangerschaft und Geburt waren schwierig verlaufen, Lucy hatte unfassbare Schmerzen erlitten. Liz hatte sich zwanzig Stunden lang geweigert, in unsere Welt zu kommen. Und als sie es dann schließlich tat, entpuppte sie sich als ein eigenwilliges, launisches, aufmüpfiges Kind. Mal war sie ein Engel, mal ein kleines Teufelchen. Lucy ertrug es irgendwann nicht mehr. Als ihre Tochter drei Jahre alt war, gab Lucy sie bei einer Nachbarin ab und sagte, sie müsse nur kurz in den Laden unten im Dorf, ein paar Kleinigkeiten kaufen. Dann ging sie zum Hafen und setzte sich in die nächste Fähre. Das Schiff hieß »Freedom«, hatte mir Lucy mal erzählt. Sie setzte nach Harwich Port über und stieg dort in einen Greyhound-Bus. Der Bus fuhr über Buffalo, Cleveland und Chicago Richtung Westen, über die Great Plains, durch Nebraska und Colorado. Die Reise dauerte mehrere Tage. Als der Bus auf engen Serpentinen in die Rocky Mountains hinauffuhr, hatte sie es fast geschafft. In Los Angeles mietete sie sich eine kleine Wohnung und jobbte als Sekretärin bei Plattenfirmen und Filmproduktionen. Die Siebziger waren auch für Lucy eine Zeit von Sex, Drugs und Rock 'n' Roll. Sie trug Fransenblusen und Schlagjeans. Sie hatte zahllose Affären. Sie ließ ihr Haar lang wachsen, warf ihre BHs in den Müll und hörte auf, sich Beine und Achselhöhlen zu rasieren. Sie war frei!

Aber die Freiheit hatte einen hohen Preis. Immerhin hatte Lucy ihre Tochter verlassen, und das lastete immer schwerer auf ihrer Seele. Liz fehlte ihr so sehr, es war ein ständiges, körperliches Stechen in der Brust. Lucy versuchte dieses Gefühl mit Whiskey zu betäuben, aber so ganz gelang ihr das nicht. Sie ging in die Kirche auf der Suche nach Rat, beichtete ihre Sünden, aber auch das brachte ihr keine Erleichterung.

Irgendwann hielt sie es nicht länger aus. Sie griff zum Telefon und rief ihren Mann in Nantucket an.

2

Als ich eines Tages mit einem Vertrag zur Unterschrift bei Tom Moscowitz' Vorzimmer ankam, war die Tür abgeschlossen. Das war ungewöhnlich. Ich hörte Tom schreien. Die Worte konnte ich nicht ausmachen. Lucy schluchzte hinter der Tür, Tom tobte. Auf dem Gang starrten alle betreten zu Boden und taten so, als hörten sie nichts. Ich machte mich auf Katzenpfoten davon.

Eine Weile lief ich ratlos im dreizehnten Stock herum. Dann beschloss ich, mich in die Küche zu setzen und zu warten. Als ich eintrat, sah ich Lucy allein am Tisch sitzen. Sie frischte gerade ihr Make-up auf und blickte erschrocken hoch, ganz so, als hätte sie etwas angestellt. Es war mir peinlich, sie so zu sehen. Ich lächelte ihr zu, trat an die Küchenzeile und machte ihr ungefragt einen Tee. Earl Grey. Den liebte sie. Es gab nur Pappbecher, lauwarmes Wasser und Teebeutel, aber immerhin. Sie nahm den Becher mit einem Nicken entgegen, umklammerte ihn mit beiden Händen und nippte daran.

»Er meint es nicht so«, sagte sie.

Ich nickte betreten.

»Es ist für ihn gerade … es ist nicht einfach.«

»Was ist nicht einfach?«

»Na ja … Ryan.«

»Ryan?«

»Sein… Seine bessere Hälfte. Ryan. Er liegt im Sterben.«

Ich atmete ein.

»Tom kann damit, er kann damit nicht umgehen…«, sagte Lucy. »Er ist so wütend. Er weiß nicht, wie er damit umgehen soll.«

»Das ist kein Grund, dich so anzuschreien.«

»Ryan und ich, wir stehen uns sehr nahe. Tom fühlt sich… er ist eifersüchtig, glaube ich. Er weiß nicht, was Liebe ist.«

Ich schaute sie an. »Und? Was ist Liebe?«

»Liebe ist Loslassen.«

Sie griff nach meiner Hand und drückte sie. Dann verzog sich ihr Gesicht, als hätte sie Schmerzen. Ihr Griff wurde immer fester, aber der Rest ihres Körpers erschlaffte. Wie in Zeitlupe sank sie vom Stuhl auf den Boden. Ich schrie auf, rief immer wieder ihren Namen. Ein paar Sekunden reagierte sie nicht. Dann sagte sie im Flüsterton: »Notarzt. Infarkt.« In ihren Augen stand Panik.

3

Lucy wurde mit einem Krankenwagen abgeholt. Sie gab mir noch ihren Autoschlüssel, damit ich ihr hinterherfahren konnte. Ich holte ihren Jeep Wrangler aus dem Parkhaus des Studios und kam wenige Minuten später beim nahe gelegenen Cedars-Sinai Medical Center an. Ich meldete mich beim Empfang und tigerte anschließend im Wartesaal auf und ab. Nach einer Weile schwang eine Doppeltür auf und eine junge, hagere Ärztin im weißen Kittel kam auf mich zugetrippelt, wie ein Vogel. Sie fragte mich nach meinem Namen, und als ich ihn nannte, sagte sie: »Miss O'Malley möchte Sie sehen.« Das Untersuchungszimmer lag am Ende eines langen Gangs, auf dem mir das Stöhnen von Patienten entgegenwehte. Beim Betreten des Zimmers küsste die Ärztin ihren Zeigefinger und tippte damit kurz an die Mesusa im Türrahmen. Lucy saß gut gelaunt im Bett und aß Schokolade.

»Ich lasse sie jetzt allein«, sagte die Ärztin und trippelte davon.

Lucy trug einen giftgrünen Kittel und hatte allerlei Kabel am Körper kleben. Sie führten zu einer Maschine, die ihren Herzrhythmus anzeigte und alle paar Sekunden ein beruhigendes Piepen von sich gab. Ich zog mir einen Stuhl ans Bett. Lucy schaute zur gegenüberliegenden Wand. Dort hing ein gerahmtes Poster, ein grün-blauer Pop-Art-Siebdruck, Werbung für ein Reisebüro: eine kurvenreiche Küstenstraße vor azurblauem Meer, die Küste von tiefgrünen Palmen umwuchert, im Hintergrund ein Wasserfall, und am Himmel eine orangefarbene Sonne.

Als Lucy sich schließlich zu mir wandte, fragte ich: »Also doch kein Infarkt?«

»Wer weiß? Das Herz ist okay, angeblich. Keine Ahnung, was los ist. Ich soll noch ein paar Stunden hierbleiben, zur Sicherheit.«

Ich legte ihr die Autoschlüssel auf den Nachttisch. »Dein Jeep ist in der Tiefgarage.« Ich wusste, wie viel ihr dieses Auto bedeutete. Nichts machte sie lieber, als das Verdeck abzumachen, durch die sommerheiße Wüste zu rasen und jede Menge Sand aufzuwirbeln.

»Fährst du mich nachher nach Hause?«, fragte Lucy.

Ich nickte.

»Weil, man weiß ja nie.« Dann deutete sie auf das Poster. »Wo ist das?« Sie kramte in ihrer Handtasche nach ihrer Lesebrille, fand sie aber nicht.

Ich hob kurz die Schultern und las ihr das Wort vor, das in geschwungener Schrift auf dem Plakat prangte: »Maui.«

Sie nickte zufrieden. »Da will ich sterben.«

Ich schaute sie entgeistert an. »Sterben? Wieso sterben? Du wirst sehen, alles wird gut! Dein Herz ist kerngesund!«

Sie sagte, dass sie den Tod nicht fürchte, ganz im Gegenteil: »Das unentdeckte Land, von dem kein Reisender wiederkehrt, ist uns ein Rätsel.«

Lucy liebte Dichtung. Und am meisten liebte sie Shakespeare. Der Tod sei lediglich ein neuer Anfang, sagte sie. Die Aussicht auf das Ende machte ihr keine Angst, wie den meisten Menschen. Für sie war es Teil des Lebens. Die letzte Aufgabe, die man zu bewältigen hatte. Und vielleicht ging es danach erst richtig los!

So war sie – sie sprach ständig über kosmische Kräfte und mystische Energien. Manchmal setzte sie sich am Wochenende in ihren Jeep und fuhr nach Joshua Tree, drei Stunden östlich von Los Angeles. Dort hockte sie dann bei Sonnenuntergang auf irgendwelchen Felsbrocken, warf sich Peyotl ein und summte schamanische Gesänge.

Plötzlich hörte die Maschine auf zu piepen und gab stattdessen einen lang gezogenen, schrillen Ton von sich. Lucy und ich warfen uns verwirrte Blicke zu. Die Ärztin flatterte ins Zimmer und überprüfte die Kabel. Eines hatte sich von Lucys Brust gelöst und dadurch das Signal unterbrochen. Es gab übrigens nun auch eine Diagnose: Sodbrennen. Die Symptome – Stechen in der Brust, Schmerzen beim Atmen – konnten auf den ersten Blick durchaus wie ein Herzinfarkt wirken.

»Gehen wir«, sagte Lucy. Ich brachte sie zu ihrem Auto und fuhr los. Es war mittlerweile später Nachmittag und der Verkehr zähflüssig, das Licht warm und träge. Als würde man in einem Sumpf aus honiggelbem Sonnenlicht stecken.

»Was war eigentlich mit Tom?«, fragte ich sie.

»Nichts.« Sie seufzte. »Nichts weiter.« Ein paar hundert Meter weiter rückte sie doch mit der Sprache raus. Toms Partner Ryan hatte AIDS im Endstadium und war voller Wut. Er konnte nicht verstehen, warum er sterben musste, aber Tom nicht. Er ließ seine Wut an Tom aus, bis Tom sich kaum noch traute, Ryan im Krankenhaus zu besuchen. Also schickte er Lucy. Sie brachte Ryan Bücher und Klatschhefte und Hühnersuppe und Pralinen… was man eben so tut. Da wurde Tom eifersüchtig auf die Freundschaft, die Ryan und Lucy nun miteinander verband. Tom suchte sein Heil im Kokain, wurde immer launischer und unberechenbarer, blaffte Lucy an und schikanierte sie. Aber Lucy hielt zu ihm. Und sie hielt zu Ryan. Sooft sie konnte, besuchte sie ihn im Krankenhaus und brachte ihm Neuigkeiten aus einer Welt, deren Konturen für ihn zunehmend verschwammen.

4

Lucy wohnte mit ihrer Tochter Liz in einer gemütlichen Drei-Zimmer-Wohnung an der Colby Avenue, in unmittelbarer Nähe eines Postamts und eines Kinos. Gegenüber lag ein kleiner Park, sodass Lucy und Liz immer einen Blick ins Grüne hatten. Die Wohnung war im obersten Stock, unter einem Dach aus Naturholz, das sogar einen Giebel hatte. Es war, als säße man in einem Schweizer Chalet. Es gab auch einen großen Balkon, auf dem Lucy und Liz an Wochenenden gerne zu Weißwein und gegrilltem Fisch im Abendlicht einluden. Überall stapelten sich Bücher – vor allem Gedichtbände, Shakespeare, Dickinson –, Filmplakate und Star-Trek-DVDs. In den Regalen standen Kristalle, auf den Tischen lagen Tarotkarten und an den Wänden hingen indische Mandalas. Über dem Kamin war ein gerahmtes Bild von John F. Kennedy, ein Plakat für seinen Wahlkampf. *»A Time for Greatness«* stand da zu lesen – eine Zeit für Größe. Ich wusste, dass Lucy als Teenagerin auf den Straßen von Boston Wahlkampf-Flyer für Kennedy verteilt hatte. Sie war ihr Leben lang eine standhafte, aufrechte Linke gewesen.

In ihrer Wohnung sprachen wir stundenlang über Kino, Bücher und Politik. Lucy kochte gerne. An Weihnachten, das war Tradition, kam stets eine fröhliche Runde zu einem Festmahl zusammen. Lucy machte Rinderbraten und Yorkshire Pudding, ein englisches Blätterteiggebäck, das man im Ofen unter den Braten stellt, damit die heiße Rinderbrühe reintropft. Doch für mich als Vegetarier hatte Lucy immer ein paar Blätterteigtaschen ohne Saft beiseitegelegt.

Als ich sie an diesem Nachmittag vom Krankenhaus nach Hause brachte, empfing uns Liz, mit besorgtem Blick, draußen vor der Tür. Liz war eine blasse, übergewichtige und sehr unglücklich wirkende Frau. Sie war um die dreißig, kleidete sich aber wie ein kleines Mädchen, trug ihr Haar in Zöpfen. Sie traute sich nicht, erwachsen zu werden. Lucy stieg aus dem Jeep.

»Hi, Mom«, sagte Liz mit einer hohlen, von unbestimmter Trauer beschwerten Stimme.

»Hi, Liz«, sagte Lucy beklommen. Unbeholfen fielen sich die beiden in die Arme. Ich verabschiedete mich, steckte die Hände in die Taschen und schlenderte zum Santa Monica Boulevard, wo ich in ein Taxi stieg.

Ich wusste, dass Lucys Beziehung zu ihrer Tochter kompliziert war. Immerhin hatte sie ihre Tochter einfach sitzen lassen. Nächtelang hatte das kleine Mädchen geweint und nach ihrer Mama gefleht. Liz' Vater war außer sich vor Zorn, er konnte nicht verstehen, warum seine Frau einfach so abgehauen war. Die für ihn naheliegende Erklärung war, dass Lucy mit einem anderen durchgebrannt war, »irgendeinem Hippie«, wie er seiner Tochter erzählte. Für Liz war es das Ende der Kindheit.

Eines Abends, Jahre später, hörte Liz ihren Vater wütend telefonieren, er blaffte in den Hörer. Liz hörte auf, mit ihren Puppen zu spielen und schaute vom Wohnzimmerboden aus aufmerksam zu. Dann warf ihr Daddy einen Blick zu und hielt ihr den Hörer hin. »Mom will mit dir sprechen.«

Liz rannte zum Telefon, das an der Wand angebracht war. Noch bevor sie die Stimme ihrer Mutter hörte, kullerten ihr bereits die ersten Tränen über die Wange.

Kaum war Liz volljährig, zog sie zu ihrer Mutter nach Los Angeles. Doch bald zeigte sich, warum Liz ein so schwieriges Kind gewesen war – sie war manisch-depressiv. Niemand hatte es geahnt. Man hatte sie für »hysterisch« gehalten. Lucy war mit ihrer Tochter zu einer Reihe von Ärzten gegangen, und es hatte einige Monate gedauert, bis sich die Erkenntnis durchsetzte. Doch mit der Diagnose fing das Leid erst an, denn von nun an stürzten sich die Spezialisten auf sie: Therapeuten, Psychologen, Neurologen… Jeder hatte eine Meinung, dann gab es eine zweite Meinung, eine dritte, eine vierte. Valium brauche sie, mehr nicht. Nein, Lithium. Darauf einigte man sich schließlich, auf Lithium. Lucy wich nicht mehr von Liz' Seite. Sie hatte Buße zu tun für die Sünden der Vergangenheit. Nie wieder würde sie Liz allein lassen. Ihre Tochter sollte merken, dass ihre Mom immer für sie da sein würde.

Eines Tages schnitt sich Liz die Pulsadern in der Badewanne auf. Lucy fand sie in letzter Minute, als das Herz noch schlug. Der reglose Körper ihrer Tochter schwamm in hellem Rot, alles war rot, nur das Mädchen war blass, denn das Leben floss aus ihr hinaus. Lucy taumelte zum Telefon und rief einen Krankenwagen, der gerade noch rechtzeitig kam.

Von nun an trug Liz nur noch langärmelige Kleider, auch im Sommer. Doch auch bei Lucy hatte dieser Moment Narben hinterlassen, von der Art, die man nicht sieht. Eines Abends saßen wir bei einem Glas Whiskey auf ihrem Balkon, Liz schlief bereits.

»Es war meine Schuld«, sagte Lucy.

»Was war deine Schuld?«

»Damals, als ich … Wenn ich sie damals nicht verlassen hätte, als Kind…« Sie schaute mich an und hob die Schultern, dann nahm sie noch einen Schluck.

An diesem Tag erzählte mir Lucy von ihrem Plan. In etwa einem Jahr würde Lucy endlich in Rente gehen. Und dann wollten die beiden Frauen umziehen. Nach Maui.

5

Etwa ein halbes Jahr vor Lucys Pensionierung starb Ryan, die bessere Hälfte von Tom Moscowitz. Wenige Wochen danach kam Tom freudestrahlend ins Büro und stellte Lucy seinen neuen Freund vor: Bill. Ein Hundesitter, den er beim Drogenentzug kennengelernt hatte. Da Bill gegen viel Geld mit den Hunden prominenter Menschen Gassi ging, war er gut in Form und stets braun gebrannt. Sie waren bald unzertrennlich, Tom und Bill, und im Vorzimmer herrschte die letzten Monate vor Lucys Pensionierung wieder eitel Sonnenschein.

Als ihr letzter Arbeitstag gekommen war, organisierten Tom und Bill eine Abschiedsparty. Tom Moscowitz wohnte in einem Bungalow am San Vicente Boulevard, Ecke Sunset Boulevard, ganz oben in West Hollywood, wo die Straße wie eine Achterbahn absinkt und man bei Nacht die Stadt als Lichtermeer vor sich sieht. Es gab Kanapees, Champagner und sogar einen DJ. Tom und Bill hatten sich drei Möpse zugelegt, dicke, kläffende Tiere, die den ganzen Abend zwischen den Beinen der Gäste umherwuselten und um Leckerlis bettelten. Der Bungalow war im Mid-

Century-Stil eingerichtet, die Art von karger Gediegenheit, die sehr viel Geld kostete. An den Wänden hingen nur Gemälde von Hunden, vorwiegend Möpse, und kein einziges Foto von Ryan. Offenbar verstand Tom Moscowitz die Kunst des Loslassens ganz gut.

Lucy fühlte sich fehl am Platz, obwohl die Party für sie war. Ich stand mit ihr am Pool. Ihre Abreise nach Hawaii stand nun unmittelbar bevor. Mir fiel der Abschied nicht leicht. Im Laufe der Jahre war mir Lucy ans Herz gewachsen wie kaum ein anderer Mensch in Los Angeles. Wir gingen gemeinsam ins Kino, oft auch mit Liz, wir schenkten uns gegenseitig Bücher, wir kochten gemeinsam, wir rezitierten Gedichte, wir tranken bis spät in die Nacht irischen Whiskey. Lucy kam auf Ryan zu sprechen. »Er hätte sich umbringen sollen«, sagte sie. »Aber er hatte nicht den Mut.« Lucy sprach gerne über Selbstmord. Das war für sie etwas völlig Natürliches, ein selbstbestimmtes Ende, ein dramatischer Abtritt im dritten Akt.

Da rief Tom nach ihr, mit scharfer Stimme, als wäre sie noch immer seine Sekretärin. Lucy stellte sich mit verlorenem Blick unter die Lichtergirlande im Garten. Tom hielt eine lustlose Rede, in der er ihren unermüdlichen Einsatz lobte – viel mehr war ihm nicht eingefallen. Zwanzig Jahre hatte Lucy für ihn gearbeitet. Er schüttelte ihr die Hand und wünschte ihr alles Gute. Ich glaube, er war froh, sie los zu sein. Denn Lucy war das Letzte in seinem Leben, was ihn noch an Ryan erinnerte.

Lucys und Liz' Wohnung in Santa Monica war bereits leer geräumt. In wenigen Tagen wollten die beiden nach Hawaii fliegen. Aber vorher mussten wir noch ihren Jeep

Wrangler zum Hafen bringen, denn Lucy wollte ihren geliebten Wagen auf keinen Fall zurücklassen. Also fuhren wir mit zwei Autos nach Long Beach und schauten zu, wie der Jeep mit einem Kran auf ein riesiges Frachtschiff verladen wurde.

Ein paar Tage später flogen sie ab.

6

Danach wurde es still in meinem Herzen. Ich war einsam. Meine eigenen Eltern waren weit weg, in Deutschland, und ich kam mir fremd und entwurzelt vor. Mein Job als Botenjunge wurde mir irgendwann gekündigt, und ich fand eine neue Stelle in einem Übersetzungsbüro, in dem ich den ganzen Tag Untertitel für Fernsehserien erstellte. Das machte viel Spaß, aber mir fehlte die Unbeschwertheit, die ich auf dem Studiogelände genossen hatte. Jetzt musste ich die ganze Zeit in einem Bürostuhl sitzen, ein Übergangsritus zum Erwachsensein.

Per E-Mail erfuhr ich, dass Lucy und Liz sich in Hawaii gut eingelebt hatten. Sie wohnten in einem kleinen Haus am Stadtrand von Kahului, direkt an der berühmten »Road to Hana«, die wir damals auf dem Poster im Krankenhaus gesehen hatten. Das Häuschen gehörte zu einer staatlich geförderten Seniorensiedlung. Es war, so schrieb mir Lucy, ein schlichter Bungalow aus den Fünfzigern, mit einer Veranda und einer großen Glasschiebetür, die in den Garten führte, wo die Hühner und die Katzen lebten. Von dort aus hatte man einen Blick auf den Sugar Cove Beach und den

Pazifik, und wenn man nach rechts blickte, konnte man sogar die Spitze des Vulkans Haleakala auf der Südseite der Insel erahnen.

Es war eine glückliche Zeit, wie Lucy mir schrieb. Dann wurde bei Liz ein Hirntumor diagnostiziert, was vermutlich auf das Lithium zurückzuführen war, mit dem man sie jahrelang vollgepumpt hatte.

Sie wurde in eine Spezialklinik in Wailuku eingewiesen, wo sie ihr eigenes Zimmer mit Bad bekam. Sie konnte kaum noch laufen. Lucy besuchte sie jeden Tag. Wie viele unzählige Stunden Lucy in Krankenhäusern verbracht hatte – erst Ryan, und nun ihre eigene Tochter. Aber sie gestattete sich nicht, traurig zu sein. Sie musste standhaft bleiben. Für Liz.

Die beiden fehlten mir. Vor allem zur Weihnachtszeit. Mir fehlten die großen, bunten, lauten Festessen in Lucys Wohnung. Immerhin schickte mir Lucy jedes Jahr zu den Festtagen einen mehrere Seiten langen Brief, in dem sie mir berichtete, was sich in den letzten Monaten zugetragen hatte. So blieb ich im Bilde: Lucy genoss ihren Lebensabend und kümmerte sich um Liz. Man probierte es mit Chemotherapie, aber der Tumor kam immer wieder.

Lucys Brief lag immer ein Kalender fürs nächste Jahr bei, mit idyllischen Bildern von Maui. Jedes Jahr hängte ich mir den Kalender an die Wand und fasste den Vorsatz: Dieses Jahr besuche ich sie auf Hawaii. Aber ich tat es nie. Wir telefonierten immer seltener. Und eines Tages, an Weihnachten, stellte ich fest, dass ich in diesem Jahr keinen Brief und auch keinen Kalender von ihr bekommen hatte.

Sorge nagte an mir. War etwas geschehen? Ging es ihr nicht gut? Warum schrieb sie nicht? Ich rief sie an, aber die Nummer stimmte nicht mehr. Auch auf meine E-Mails bekam ich keine Antwort. So verging ein Jahr, dann zwei, dann drei. Immer wieder musste ich an Lucy denken, wie sie in ihrer kleinen Wohnung Hof hielt, unter dem alten Wahlkampfplakat für John F. Kennedy. Ich versuchte, mich mit dem Gedanken abzufinden, dass ich sie nie wiedersehen würde.

Eines Tages klingelte mein Telefon. Als ich Lucys Stimme hörte, spürte ich Tränen in mir aufwallen. Sie hatte zufällig meine Nummer in einem alten Adressbuch gefunden und einfach mal durchklingeln wollen.

»Aloha!«, sagte sie, betont fröhlich, aber ich konnte die Trauer in ihrer Stimme hören und wusste sofort, was geschehen war.

7

Nach einem etwa fünfstündigen Flug stieg ich in Kona aus und wartete auf den Inselhopper nach Maui. Die Hitze und die tropische Feuchtigkeit waren wie ein Tritt in den Magen – mir war übel. Dazu kam, dass der Flughafen von Kona kein Dach hatte. Die Terminals, die Gates, alles lag unter offenem Himmel, zwischen üppigen Palmen unter der Sonne Hawaiis. Als mein Weiterflug aufgerufen wurde, ging ich über das offene Rollfeld zu einer kleinen Propellermaschine, die mich endlich nach Maui brachte. Ich musste ständig an Liz denken. Lucy hatte mir am Telefon von ihrem Tod erzählt. Zuerst hatte der Tumor ihr den Geruchs- und Geschmackssinn geraubt, dann die Reflexe.

Sie konnte kaum noch schlucken. Lucy hatte Liz bei ihren Besuchen immer ein Eis mitgebracht und ihre Tochter mit einem Löffel gefüttert. Winzige Häppchen, die im Mund schmolzen, damit sie nicht zu schlucken brauchte. Und dann hatte Lucy ihr zugeflüstert, wonach es schmeckte: frische Erdbeeren, von Hand gepflückt, süß und reif. Vanilleschoten. Dunkle Schokolade, herzhaft und saftig.

Maui war genauso schön, wie Lucy mir die Insel beschrieben hatte. Als ich am Flughafen beim Hertz-Schalter wartete, ging hinter mir plötzlich die automatische Schiebetür auf. Ich schaute reflexartig über die Schulter, aber da stand kein Mensch. Nur ein Huhn. Es war zufällig zur Tür der Autovermietung getrippelt und hatte die Automatik ausgelöst. Ein buntes und außergewöhnlich hübsches Huhn. Es schaute mich einen Moment lang an, dann drehte es sich um und ging wieder weg.

Auf dem Parkplatz sah ich noch mehr Hühner. Maui war geradezu überrannt von wilden Hühnern. Sie waren überall: am Straßenrand, in den Gärten, vor dem Supermarkt, auf den Parkplätzen…

Auf der Fahrt zu Lucys Seniorenheim pochte mein Herz. Ich hatte sie schon fast zehn Jahre nicht mehr gesehen. Plötzlich stand sie vor mir, in der Tür zu ihrem kleinen Bungalow. Sie trug ein hawaiianisches Kleid und eine Kette aus schwarzen Perlen. Wir fielen uns in die Arme, und mein Körper erinnerte sich an das Gefühl ihrer Haut und den Geruch ihres Haars. Als wäre kein Tag vergangen.

Doch sie war gealtert. Auf einen Stock gestützt, führte sie mich in ihr Häuschen, das ebenso gemütlich und charmant war wie ihre alte Wohnung. Sogar John F. Kennedy blinzelte mich schelmisch vom Poster aus an. Ihr Haus strahlte Lebensfreude aus, trotz allem. Die Hinweise auf das, was bald kommen würde, habe ich damals nicht wahrgenommen, die Whiskeyflaschen in der Küche, im Bad die Pillendose mit den Schlaftabletten. Sie hatte alles gut vorbereitet.

Am Abend fuhren wir in ihrem Jeep nach Lahaina, an der Westküste der Insel. Im Four Seasons stieg am Abend ein traditionelles hawaiianisches Lu'au – ein Festessen mit Tanz in den Gärten des Luxushotels, mit Blick auf das offene Meer. Wir saßen auf einer Terrasse in Strandnähe und aßen gegrillten Fisch. Auf einer Bühne führten muskulöse junge Menschen atemberaubende Tänze mit brennenden Fackeln vor. Die Sonne ging im Pazifik unter und tauchte alles in ein zartes, lila Licht. Ich blickte zu Lucy, die mich im Halbdunkel anschaute.

»Es tut mir so leid«, sagte ich. »Das mit Liz.«

Sie nickte knapp und ich sah, dass sie gegen Tränen ankämpfte. »Schon gut«, sagte sie mit erstickter Stimme. »Mahalo.«

»Was?«

»Mahalo«, wiederholte sie. »Das hawaiianische Wort für ›Dankbarkeit‹. Man sollte dankbar sein, für das, was man hat. Oder hatte. Liz und ich, wir haben wieder zueinandergefunden. Wir hatten ein gutes Leben… Ich bin dankbar für die Zeit, die uns geblieben ist.«

Sie griff nach meiner Hand. Als sie sich an mich lehnte, konnte ich ihre Tränen auf meiner Wange spüren. Ich blickte zur Küste. Vor mir lagen das blaue Meer, die sattgrünen Pflanzen, die Küstenstraße. Wie auf dem Poster damals. Irgendwo in meinem Herzen spürte ich, dass dieser Abend ein Abschied war.

Wenn ich an Lucy denke, sehe ich sie in ihrem Jeep sitzen, nachdem sie mich zum Flughafen gebracht hatte. Sie winkte mir zu, die Sonne schien ihr ins Gesicht. Sie war eine Frau, die ihre eigene Tochter hatte begraben müssen, und das ist etwas, was niemand überlebt, nicht im Herzen. Und doch, in ihrem hawaiianischen Kleid, ihrer Perlenkette, ihren Cowboystiefeln sah sie aus, als würde ihr die Welt gehören. Mahalo, Lucy O'Malley! Mahalo und gute Reise.

LOUISA MAY ALCOTT

Gute Nachbarschaft

»Was, zum Kuckuck, hast du vor, Jo?«, fragte Meg an einem verschneiten Nachmittag, als ihre Schwester in Gummistiefeln und einem alten Mantel mit Kapuze, ein Besen in der einen Hand und eine Schaufel in der anderen, durch die Diele trampelte.

»Ich mache draußen Sport«, antwortete Jo mit einem schelmischen Funkeln in den Augen.

»Ich glaube, zwei lange Spaziergänge heute Morgen sollten genug gewesen sein! Es ist kalt und ziemlich trübe, und ich rate dir, lieber warm und trocken am Feuer sitzen zu bleiben, so wie ich«, sagte Meg erschauernd.

»Ich brauche keine Ratschläge! Ich kann nicht den ganzen Tag stillsitzen, und ich bin auch keine Miezekatze und schlafe nicht gerne am Feuer ein. Ich mag Abenteuer, und ich werde welche finden.«

Meg ging zurück, um ihre Füße aufzuwärmen und *Ivanhoe* zu lesen, und Jo begann, mit großer Energie Wege freizuschaufeln. Der Schnee war leicht, und mit ihrem Besen hatte sie bald einen Weg durch den Garten gefegt, auf dem Beth in der Sonne spazieren gehen konnte, falls die kranken Puppen Luft brauchten. Nun war es so, dass der Garten das Haus der Marchs von dem von Mr. Laurence trennte. Beide standen in einem noch ländlichen Vorort der Stadt, mit

Wäldern und Rasenflächen, großen Gärten und ruhigen Straßen. Eine niedrige Hecke trennte die beiden Anwesen. Auf der einen Seite befand sich ein altes, braunes Haus, das ziemlich nackt und schäbig aussah, der Reben beraubt, die im Sommer seine Mauern und die Blumen bedeckten, die das Haus dann umgaben. Auf der anderen Seite befand sich eine stattliche Steinvilla, die jede nur mögliche Art von Komfort und Luxus besaß, vom großen Kutschhaus und dem gepflegten Gelände bis zum Wintergarten und den Blicken auf schöne Dinge, die man zwischen den schönen Vorhängen erhaschen konnte.

Doch es schien ein einsames, lebloses Haus zu sein, denn auf dem Rasen tummelten sich keine Kinder, kein mütterliches Gesicht lächelte jemals an den Fenstern, und nur wenige Menschen gingen hinein und hinaus, außer dem alten Herrn und dessen Enkel.

Für Jos lebhafte Fantasie schien dieses feine Haus eine Art verzauberter Palast zu sein, voller Pracht und Freuden, die niemand genoss. Sie wollte schon lange diese verborgenen Herrlichkeiten sehen und den Laurence-Jungen kennen lernen, der aussah, als wolle er sie kennenlernen, wenn er nur wüsste, wie er das anfangen sollte. Seit der Party war sie begieriger denn je und hatte viele Möglichkeiten ersonnen, wie sie sich mit ihm anfreunden könnte; aber sie hatte ihn in letzter Zeit nicht gesehen, und Jo fing schon an zu denken, dass er weggegangen war, als sie eines Tages ein braunes Gesicht an einem oberen Fenster erspähte, das wehmütig in ihren Garten hinunterblickte, wo Beth und Amy sich Schneeballschlachten lieferten.

»Dieser Junge lechzt nach Gesellschaft und Spaß«, sagte

sie zu sich selbst. »Sein Opa weiß nicht, was gut für ihn ist, und hält ihn ganz allein gefangen. Er braucht einige lustige Jungs zum Spielen oder jemanden, der jung und lebendig ist. Ich hätte Lust, rüberzugehen und es dem alten Herrn zu sagen.«

Die Idee amüsierte Jo, die gerne gewagte Dinge tat und Meg mit ihren skandalösen Auftritten immer wieder schockierte. Der Plan des »Rübergehens« wurde nicht vergessen. Und als der verschneite Nachmittag kam, beschloss Jo herauszufinden, was man tun konnte. Sie sah Mr. Lawrence wegfahren, und ging dann hinaus, um sich ihren Weg zur Hecke zu graben, wo sie innehielt und sich umschaute. Alles ruhig, Vorhänge hinter den unteren Fenstern geschlossen, Diener außer Sichtweite und keine Menschenseele außer einem lockigen schwarzen Kopf, der sich am oberen Fenster auf eine dünne Hand stützte.

»Da ist er«, dachte Jo, »Armer Junge! Ganz allein und einsam an diesem trostlosen Tag. Es ist eine Schande! Ich werfe einen Schneeball hoch, damit er rüberschaut, und sage ihm dann ein freundliches Wort.«

Schon flog eine Handvoll weicher Schnee hinauf. Der Kopf drehte sich sofort um und gab ein Gesicht preis, das in einer Minute seinen lustlosen Blick verloren hatte, als die großen Augen sich aufhellten und der Mund zu lächeln begann. Jo nickte, lachte und schwang ihren Besen, als sie rief …

»Wie geht es dir? Bist du krank?«

Laurie öffnete das Fenster und krächzte so heiser wie ein Rabe hinaus …

»Schon besser, danke. Ich hatte eine schlimme Erkältung und war eine Woche lang daheim.«

»Das tut mir leid. Womit vergnügst du dich?«

»Mit nichts. Hier oben ist es so langweilig wie auf dem Friedhof.«

»Liest du nicht?«

»Nicht viel. Sie lassen mich nicht lesen.«

»Kann dir niemand vorlesen?«

»Opa macht das manchmal, aber meine Bücher interessieren ihn nicht, und ich hasse es, ständig Brooke zu fragen.«

»Dann lass jemanden zu Besuch kommen.«

»Es gibt niemanden, den ich gerne sehen würde. Jungs machen so einen Krach, und mein Kopf ist noch benommen.«

»Gibt es nicht ein nettes Mädchen, das vorlesen kann und dich amüsieren würde? Mädchen sind ruhig und spielen gerne Krankenschwester.«

»Ich kenne keine.«

»Du kennst uns«, begann Jo, lachte und hielt inne.

»Das tue ich! Möchtest du gerne kommen?«, rief Laurie.

»Ich bin nicht ruhig und zuvorkommend, aber ich komme gerne, wenn Mutter mich lässt. Ich werde sie fragen. Schließ das Fenster, sei ein guter Junge, und warte, bis ich komme.«

Damit schulterte Jo ihren Besen, marschierte ins Haus und fragte sich, was sie alle dazu sagen würden. Laurie war in heller Aufregung wegen der Aussicht, endlich Gesellschaft zu haben, und huschte umher, um sich fertigzumachen, denn wie Mrs. March sagte, war er ein »kleiner

Gentleman«; er bereitete dem kommenden Gast alle Ehre, indem er sein lockiges Haupt bürstete, frische Kleidung anzog und versuchte, sein Zimmer aufzuräumen, das trotz eines halben Dutzend Diener alles andere als ordentlich war. Bald ertönte ein lautes Klingeln, dann eine feste Stimme, die nach »Mr. Laurie« fragte, und ein überrascht aussehender Diener kam herauf, um eine junge Dame anzukündigen.

»Sehr gut, bring sie herauf, das ist Miss Jo«, sagte Laurie und ging zur Tür seines kleinen Zimmers, um Jo zu empfangen; mit rosigem Gesicht und ziemlich entspanntem Ausdruck erschien die junge Dame auch sogleich, mit einer abgedeckten Schale in der einen Hand und Beths drei Kätzchen in der anderen.

»Hier bin ich, mit Sack und Pack«, sagte sie flott. »Mutter schickte beste Grüße und war froh, dass ich etwas für dich tun konnte. Meg wollte, dass ich dir etwas von ihrem Pudding mitbringe, den sie sehr lecker macht, und Beth war der Meinung, dass dich ihre Katzen trösten würden. Ich wusste, dass du deswegen lachen würdest, aber ich konnte es nicht ablehnen, sie wollte unbedingt etwas für dich tun.«

Glücklicherweise war Beths lustige Leihgabe genau das Richtige, denn beim Lachen über die Kätzchen vergaß Laurie seine Schüchternheit und wurde sofort gesellig.

»Das sieht zu schön aus, um es zu essen«, sagte er und lächelte vor Freude, als Jo die Schale auspackte und den Pudding zeigte, umrandet von einer Girlande aus grünen Blättern und garniert mit den scharlachroten Blüten von Amys Lieblingsgeranie.

»Ach, das ist doch nichts, alle wollten einfach nur freundlich sein und es zeigen. Sag dem Mädchen, sie soll ihn für deinen Tee wegpacken. Du kannst ihn sehr einfach essen, und da er so weich ist, rutscht er nach unten, ohne dir Halsschmerzen zu verursachen. Was für ein gemütliches Zimmer das ist!«

»Das wäre es, wenn es aufgeräumt wäre, aber die Dienstmädchen sind faul, und ich weiß nicht, wie ich sie dazu bringen soll, sich darum zu kümmern. Das macht mir langsam Sorgen.«

»Ich werde es in zwei Minuten zurechtgemacht haben, denn es muss nur die Feuerstelle gereinigt werden, so, und die Sachen auf dem Kaminsims ausgerichtet werden, so; die Bücher kommen hierhin, die Flaschen dort, das Sofa drehen wir aus dem Licht und die Kissen werden ein wenig aufgeschüttelt. Siehe da, geschafft.«

Und so war er es auch, denn während sie lachte und sprach, hatte Jo die Sachen im Nu umgestellt und dem Raum ein ganz anderes Aussehen verliehen. Laurie beobachtete sie in respektvoller Stille, und als sie ihm vom Sofa aus zuwinkte, setzte er sich mit einem zufriedenen Seufzer hin und sagte dankbar …

»Wie freundlich du bist! Ja, das ist es, was gefehlt hat. Jetzt nimm bitte den großen Stuhl und lass mich etwas tun, um mir deine Gesellschaft zu verdienen.«

»Nein, ich bin gekommen, um *dich* zu amüsieren. Soll ich laut vorlesen?«, sagte Jo und schaute begeistert auf einige einladende Bücher in der Nähe.

»Danke! Ich habe die alle schon gelesen, aber wenn es dir nichts ausmacht, würde ich lieber reden«, antwortete Laurie.

»Kein bisschen. Ich kann den ganzen Tag reden, wenn du

das richtige Thema findest. Beth sagt, ich weiß nie, wann ich aufhören soll.«

»Ist Beth die mit dem rosigen Gesicht, die gern zu Hause bleibt und manchmal mit einem kleinen Korb hinausgeht?«, fragte Laurie interessiert.

»Ja, das ist Beth. Sie ist mein Mädchen, und dazu auch ein wirklich nettes.«

»Die Hübsche ist Meg, und die mit den Locken ist Amy, glaube ich?«

»Wie hast du das herausgefunden?«

Laurie wurde rot, antwortete aber offenherzig: »Weißt du, ich höre euch oft einander rufen, und wenn ich hier oben allein bin, kann ich nicht anders, als zu eurem Haus zu schauen, wo es anscheinend immer etwas Vergnügliches gibt. Ich bitte um Verzeihung, dass ich so unhöflich bin, aber manchmal vergisst du, den Vorhang am Fenster, wo die Blumen sind, zuzuziehen. Und wenn die Lampen angezündet werden, ist es, als würde man ein Bild betrachten, in dem ein Feuer brennt, und ihr sitzt mit eurer Mutter um den Tisch herum. Ihr Gesicht ist genau gegenüber, und es sieht so süß hinter den Blumen aus, dass ich nicht anders kann, als es zu beobachten. Ich habe keine Mutter, weißt du.« Laurie schürte das Feuer, um ein kleines Zucken seiner Lippen zu verbergen, das er nicht kontrollieren konnte.

Der einsame, hungrige Blick in seinen Augen traf mitten in Jos mitfühlendes Herz. Sie war so einfach erzogen worden, dass in ihrem Kopf kein Platz für Unsinn war, und mit fünfzehn Jahren war sie so unschuldig und offen wie jedes Kind. Laurie war krank und einsam, und sie war sich bewusst, wie reich sie mit einem Heim und Glück gesegnet war, und versuchte gerne, es mit ihm zu teilen. Ihr Gesicht war sehr freundlich und ihre scharfe Stimme ungewöhnlich sanft, als sie sagte …

»Wir werden den Vorhang nie wieder zuziehen, und ich gebe dir die Erlaubnis, so viel zu schauen, wie du willst. Ich wünschte nur, du würdest vorbeikommen und uns besuchen, anstatt zu gucken. Mutter ist so famos, sie würde dir so guttun, und Beth würde für dich singen, wenn ich sie darum bitten würde, und Amy würde tanzen. Meg und ich würden dich über unsere lustigen Theaterrequisiten lachen lassen, und wir hätten jede Menge Spaß. Würde dein Opa dich nicht kommen lassen?«

»Ich denke, das würde er, wenn deine Mutter ihn fragen würde. Er ist sehr freundlich, obwohl er nicht so aussieht, und er lässt mich fast immer das tun, was ich will; aber er hat Angst, dass ich Fremden zur Last fallen könnte«, begann Laurie und wurde immer lockerer.

»Wir sind doch keine Fremden, wir sind Nachbarn, und du brauchst nicht zu glauben, dass du eine Last bist. Wir wollen dich kennenlernen, und ich habe das schon so lange versucht. Wir sind noch nicht so lange hier, aber wir haben alle unsere Nachbarn kennengelernt, außer euch.«

»Weißt du, Opa lebt in seinen Büchern und interessiert sich nicht dafür, was draußen passiert. Mr. Brooke, mein Lehrer, bleibt nicht hier, weißt du, und ich habe niemanden, der sich um mich kümmert, also bleibe ich einfach zu Hause und mache weiter, so gut ich kann.«

»Das ist schlimm. Du solltest dich aufraffen und überall hingehen, wohin du eingeladen wirst, dann hast du ruckzuck viele Freunde und angenehme Orte, zu denen du gehen kannst. Es macht auch nichts, wenn du schüchtern bist. Das verliert sich bald, wenn du dranbleibst.«

Laurie wurde wieder rot, war aber nicht beleidigt, weil er der Schüchternheit beschuldigt wurde, denn er spürte so viel guten Willen in Jo, dass es unmöglich war, ihr unverblümtes Gerede nicht so freundlich aufzunehmen, wie es gemeint war.

»Gefällt dir deine Schule?«, fragte der Junge und wechselte nach einer kleinen Pause, in der er auf das Feuer starrte und Jo sich zufrieden umsah, das Thema.

»Ich gehe nicht zur Schule, ich bin ein Geschäftsmann, -mädchen, meine ich. Ich passe auf meine Großtante auf, und die ist eine liebe, alte Nervensäge«, antwortete Jo.

Laurie öffnete den Mund, um eine weitere Frage zu stellen, erinnerte sich aber gerade noch rechtzeitig daran, dass es sich nicht schickte, zu viele Nachforschungen über die Angelegenheiten anderer Menschen anzustellen; also schloss er ihn wieder und sah unbehaglich aus.

Da Jo seine gute Erziehung mochte und kein Problem damit hatte, einen Spaß auf Tante Marchs Kosten zu machen, beschrieb sie ihm lebhaft die zappelige, alte Dame, ihren fetten Pudel, den Papagei, der Spanisch sprach, und die Bibliothek, in der sie schwelgte.

Laurie genoss das ungemein, und als sie von dem primitiven, alten Herrn erzählte, der einst zu Tante March kam und um sie warb und dem Poll inmitten einer schönen Rede zu seinem großen Entsetzen die Perücke heruntergezogen hatte, lehnte sich der Junge zurück und lachte, bis ihm die Tränen über die Wangen liefen und ein Dienstmädchen ihren Kopf hereinsteckte, um zu sehen, was los war.

»Oh! Das tut mir so gut. Erzähl weiter, bitte«, sagte er und nahm sein jetzt rotes und vor Fröhlichkeit strahlendes Gesicht aus dem Sofakissen.

Jo erzählte von ihren Spielen und Plänen, ihren Hoffnungen und Ängsten um Vater und den interessantesten Ereignissen der kleinen Welt, in der die Schwestern lebten. Dann redeten sie über Bücher, und zu Jos Freude fand sie heraus, dass Laurie Bücher ebenso sehr liebte und noch mehr davon gelesen hatte als sie selbst.

»Wenn du sie so sehr magst, komm runter und sieh dir unsere an. Großvater ist nicht da, also brauchst du keine Angst zu haben«, sagte Laurie und stand auf.

»Ich habe vor nichts Angst«, antwortete Jo kopfschüttelnd.

»Das glaube ich dir nicht«, rief der Junge aus und sah sie bewundernd an, obwohl er für sich dachte, dass sie guten Grund hätte, ein wenig Angst vor dem alten Herrn zu haben, wenn er gerade eine seiner Launen hatte.

Die Atmosphäre des ganzen Hauses war sommerlich, und Laurie führte Jo von Raum zu Raum und ließ sie das betrachten, was ihr gefiel. Und so kamen sie schließlich in die Bibliothek, wo Jo in die Hände klatschte und herumtänzelte, wie sie es immer tat, wenn sie besonders erfreut war. Der Raum war mit Büchern gesäumt, überall waren Bilder und Statuen, dazwischen kleine Schränke voller Münzen und Kuriositäten, Armsessel, seltsame Tische und Bronzefiguren – und das Beste von allem, ein großer, offener Kamin mit bemalten Kacheln rundum.

»Welch eine Pracht«, seufzte Jo, versank in den Tiefen eines Veloursstuhls und sah sich mit einem Hauch von intensiver Befriedigung um. »Theodore Laurence, du müsstest der glücklichste Junge der Welt sein«, fügte sie eindrucksvoll hinzu.

»Ein Mann kann nicht von Büchern leben«, sagte Laurie und schüttelte den Kopf, als er sich auf einen Tisch gegenüber hockte.

Bevor er mehr sagen konnte, klingelte eine Glocke, Jo sprang auf und rief bestürzt aus: »Gnade mir! Das ist dein Opa!«

»Nun, und wenn er das ist? Du hast doch vor nichts Angst, erinnerst du dich«, antwortete der Junge mit schelmischem Gesichtsausdruck.

»Ich glaube, ich habe ein wenig Angst vor ihm, aber ich weiß nicht, warum. Mami sagte, ich könnte kommen, und ich glaube nicht, dass es dir jetzt schlechter geht«, sagte Jo und beruhigte sich wieder, obwohl sie ihre Augen immer noch auf die Tür gerichtet hatte.

»Mir geht es viel besser und dafür bin ich dir sehr dankbar. Ich fürchte nur, dass du es leid bist, dich mit mir zu unterhalten. Es war so angenehm, dass ich es nicht ertragen könnte, aufzuhören«, sagte Laurie dankbar.

»Der Doktor für Sie, Sir«, sagte das Dienstmädchen und winkte ihm zu.

»Würde es dir etwas ausmachen, wenn ich dich für eine Minute allein lasse? Ich nehme an, ich habe keine Wahl«, sagte Laurie.

»Kümmere dich nicht um mich. Ich bin hier glücklich wie eine Grille«, antwortete Jo.

Laurie ging weg, und sein Gast amüsierte sich auf seine eigene Weise. Sie stand vor einem schönen Porträt des alten Herrn, als sich die Tür wieder öffnete, und ohne sich umzudrehen, sagte sie entschieden: »Ich bin mir jetzt sicher, dass ich keine Angst vor ihm haben muss, denn er hat nette Augen, obwohl sein Mund grimmig ist, und er sieht aus, als hätte er einen gewaltigen eigenen Willen. Er ist nicht so attraktiv wie mein Großvater, aber ich mag ihn.«

»Danke, Fräulein«, sagte eine schroffe Stimme hinter ihr, und dort stand, zu ihrem großen Entsetzen, der alte Mr. Laurence.

Die arme Jo errötete, wie man nur rot werden kann, und ihr Herz begann unangenehm schnell zu schlagen, als sie daran dachte, was sie gesagt hatte. Eine Minute kämpfte sie mit dem brennenden Wunsch wegzulaufen, aber das wäre feige gewesen, und die Mädchen hätten sie ausgelacht; also beschloss sie zu bleiben und sich so gut sie konnte aus der Misere zu befreien. Ein zweiter Blick zeigte ihr, dass die lebenden Augen unter den buschigen Augenbrauen sogar freundlicher waren als die gemalten, und da war ein schlaues Funkeln in ihnen, was ihre Angst um einiges verringerte. Die schroffe Stimme war schroffer als zuvor, als der alte Herr nach einer schrecklich langen Pause abrupt sagte: »Also hast du keine Angst vor mir, oder?«

»Nicht viel, Sir.«

»Und du findest mich nicht so attraktiv wie deinen Großvater?«

»Nicht ganz, Sir.«

»Und ich habe einen enormen Willen, oder?«

»Ich habe nur gesagt, dass ich das denke.«

»Aber du magst mich trotzdem?«

»Ja, das tue ich, Sir.«

Diese Antwort gefiel dem alten Herrn. Er lachte kurz, schüttelte ihr die Hand, legte seinen Finger unter ihr Kinn, schob ihr Gesicht nach oben, untersuchte es eingehend, ließ es wieder los und sagte nickend: »Du hast das Gemüt deines Großvaters, wenn nicht sogar sein Gesicht. Er war ein feiner Mann, meine Liebe, aber noch wichtiger, er war ein tapferer und ehrlicher Mann, und ich war stolz darauf, sein Freund zu sein.«

»Danke, Sir.« Jo fühlte sich nun sehr wohl, denn das gefiel ihr sehr.

»Was hast du mit meinem Jungen gemacht, hm?«, war die nächste, scharf formulierte Frage.

»Ich wollte nur gut nachbarschaftlich sein, Sir.« Und Jo erzählte, wie ihr Besuch zustande gekommen war.

»Du denkst, er braucht ein bisschen Aufmunterung, oder?«

»Ja, Sir, er wirkt etwas einsam, und junge Leute würden ihm vielleicht guttun. Wir sind nur Mädchen, aber wir würden uns freuen, wenn wir helfen könnten, denn wir haben das großartige Weihnachtsgeschenk, das Sie uns geschickt haben, nicht vergessen«, sagte Jo eifrig.

»Ach was! Unsinn! Das war die Idee des Jungen. Wie geht es der armen Frau?«

»Ganz gut, Sir.« Und dann legte Jo los, redete sehr schnell und erzählte alles über die Hummels, an denen ihre Mutter einen Narren gefressen hatte.

»Genau die Art ihres Vaters, Gutes zu tun. Ich werde deine Mutter eines schönen Tages besuchen. Sag ihr das.

Da läutete die Teeglocke, wir trinken ihn heute früher auf Wunsch des Jungen. Komm mit hinunter und sei weiterhin gut nachbarschaftlich.«

»Wenn ich dableiben darf, Sir.«

»Ich hätte dich nicht gebeten, wenn nicht.« Damit bot ihr Mr. Laurence mit altmodischer Höflichkeit seinen Arm an.

»Was würde wohl Meg dazu sagen?«, dachte Jo, als sie losmarschierten und ihre Augen vor Freude leuchteten, als sie sich vorstellte, die Geschichte zu Hause zu erzählen.

»He! Was, zum Teufel, ist denn mit dem Kerl los?«, sagte der alte Herr, als Laurie nach unten rannte und vor Überraschung fast gestolpert wäre, als er den erstaunlichen Anblick von Jo Arm in Arm mit seinem respekteinflößenden Großvater sah.

»Ich wusste nicht, dass Sie da sind, Sir«, begann er, als Jo ihm einen triumphalen Blick zuwarf.

»Das ist offensichtlich, wenn ich sehe, wie du hier herumtrollst. Komm mit zu deinem Tee, Sir, und benimm dich wie ein Gentleman.« Und nachdem er den Jungen liebkosend an den Haaren gezogen hatte, ging Mr. Laurence weiter, während Laurie hinter seine Rücken eine ganze Reihe von Grimassen schnitt, die bei Jo fast einen Lachanfall ausgelöst hätten.

Der alte Herr sagte nicht viel, als er seine vier Tassen Tee trank, aber er beobachtete die jungen Leute, die bald wie alte Freunde miteinander plauderten, und die Veränderung in seinem Enkel entging ihm nicht. Im Gesicht des Jungen waren nun Farbe, Licht und Leben zu erkennen, sein Verhalten wurde lebendiger und in seinem Lachen lag echte Freude.

»Sie hat recht, der Junge ist einsam. Ich werde sehen, was diese kleinen Mädchen für ihn tun können«, dachte Mr. Laurence, als er zusah und zuhörte. Er mochte Jo, weil ihre seltsame, unverblümte Art gut zu ihm passte, und sie schien den Jungen fast so gut zu verstehen, als wäre sie selbst einer.

Wären die Laurences das gewesen, was Jo als »prüde und schäbig« bezeichnete, wäre sie überhaupt nicht aus sich herausgegangen, denn solche Leute machten sie immer verlegen und scheu. Aber da sie ungezwungen und geradlinig waren, war sie selbst auch so und machte deswegen einen guten Eindruck. Als sie aufstanden, hatte sie vor zu gehen, aber Laurie sagte, dass er ihr noch etwas mehr zu zeigen hatte, und brachte sie zum Wintergarten, der wegen ihr sogar beleuchtet worden war. Es schien Jo eine Szene aus einem Märchen zu sein, als sie die Gänge auf und ab ging und die blühenden Mauern auf beiden Seiten genoss, das weiche Licht, die feuchte, süße Luft und die wunderbaren Reben und Bäume, die um sie herum wuchsen, während ihr neuer Freund die schönsten Blumen schnitt, bis seine Hände davon überquollen. Dann band er sie zusammen und sagte, mit dem fröhlichen Blick, den Jo so gerne sah: »Bitte gib das deiner Mutter und sag ihr, dass ich die Medizin mag, die sie mir sehr geschickt hat.«

Sie fanden Mr. Laurence vor dem Feuer im großen Salon stehen, aber Jos Aufmerksamkeit wurde vollständig von einem Flügel gefangengenommen, der offen stand.

»Spielst du?«, fragte sie und wandte sich mit einem respektvollen Gesichtsausdruck an Laurie.

»Manchmal«, antwortete er bescheiden.

»Bitte, dann spiele jetzt. Ich will es hören, damit ich es Beth erzählen kann.«

»Willst du nicht zuerst?«

»Ich kann nicht. Ich bin zu doof, es zu lernen, aber ich liebe Musik von ganzem Herzen.«

Also spielte Laurie und Jo lauschte, die Nase genüsslich in Sonnwendkraut und Teerosen vergraben. Ihr Respekt und ihre Wertschätzung für den jungen ›Laurence‹ wuchs nun stetig, denn er spielte bemerkenswert gut und hielt sich deswegen nicht für etwas Besonderes. Sie wünschte, Beth könnte ihn hören, aber sie sagte es nicht, sondern lobte ihn nur, bis er ziemlich verlegen war und sein Großvater ihm zu Hilfe kommen musste.

»Das reicht, junge Dame, das reicht. Zu viel Puderzucker ist nicht gut für ihn. Seine Musik ist nicht schlecht, aber ich hoffe, dass er auch bei wichtigeren Dingen besser werden wird. Ich bin dir auf jeden Fall sehr verbunden, und ich hoffe, dass du bald wiederkommst. Grüß deine Mutter von mir. Gute Nacht, Doktor Jo.«

Er schüttelte ihr freundlich die Hand, sah aber so aus, als ob ihm etwas nicht gefiel. Als sie in die Diele kamen, fragte Jo Laurie, ob sie etwas Falsches gesagt hatte. Er schüttelte den Kopf.

»Nein, ich war es. Er mag es nicht, mich spielen zu hören.«

»Warum nicht?«

»Ich werde es dir eines Tages sagen. John begleitet dich nach Hause, weil ich es nicht kann.«

»Das ist nicht nötig. Ich bin keine junge Dame, und es sind doch nur ein paar Schritte. Pass auf dich auf, ja?«

»Ja, aber du wirst wiederkommen, hoffe ich?«

»Wenn du versprichst, zu uns zu kommen, wenn es dir wieder gut geht.«

»Das werde ich.«

»Gute Nacht, Laurie!«

»Gute Nacht, Jo, gute Nacht!«

Als alle Abenteuer des Nachmittags erzählt worden waren, war die Familie in der Stimmung, zusammen einen Besuch abzustatten, denn jeder fand im großen Haus auf der anderen Seite der Hecke etwas sehr Attraktives. Mrs. March wollte mit dem alten Mann über ihren Vater sprechen, den dieser nicht vergessen hatte; Meg sehnte sich danach, im Wintergarten spazieren zu gehen, Beth lechzte nach dem Flügel, und Amy war gespannt auf die schönen Bilder und Statuen.

»Mutter, warum mochte Mr. Laurence es nicht, Laurie spielen zu hören?«, fragte Jo, die generell immer alles erklärt haben wollte.

»Ich bin mir nicht sicher, aber ich glaube, es lag daran, dass sein Sohn, Lauries Vater, eine italienische Dame geheiratet hat, eine Musikerin, was dem alten Mann, der sehr stolz ist, sehr missfiel. Die Dame war nett, schön und gut erzogen, aber er mochte sie nicht und besuchte seinen Sohn nie, nachdem er geheiratet hatte. Beide starben, als Laurie noch ein kleines Kind war, und dann holte ihn sein Großvater zu sich nach Hause. Ich denke, dass der Junge, der in Italien geboren wurde, nicht sehr stark ist und der alte Mann deswegen so vorsichtig ist, weil er Angst hat, ihn zu verlieren. Lauries Liebe zur Musik ist also nur natürlich, denn er kommt nach seiner Mutter, und ich wage zu behaupten, dass sein Großvater befürchtet, dass er Musiker werden will. Jedenfalls erinnert ihn Lauries Talent an die Frau, die er nicht mochte, und deswegen ›schaute er so finster drein‹, wie Jo es ausdruckte.«

»Lieber Gott, wie romantisch!«, rief Meg aus.

»Wie albern!«, sagte Jo. »Soll er doch ein Musiker sein, wenn er will, und schickt ihn nicht aufs College, wenn er partout nicht will.«

»Deshalb hat er so schöne schwarze Augen und gute Manieren, nehme ich an. Italiener sind immer so nett«, sagte Meg, die ein wenig sentimental war.

»Was weißt du schon von seinen Augen und seine Manieren? Du hast nie mit ihm gesprochen, oder nur sehr wenig«, rief Jo, die überhaupt nicht sentimental war.

»Ich habe ihn auf der Party gesehen, und was du sagst, beweist doch, dass er weiß, wie man sich benimmt. Das war doch eine nette kleine Rede über die Medizin, die Mutter ihm geschickt hat.«

»Er meinte den Pudding, nehme ich an.«

»Wie dumm du bist, mein Kind! Er meinte natürlich dich.«

»Mich?« Jo öffnete die Augen, als ob dies ihr noch nie in den Sinn gekommen wäre.

»So ein Mädchen habe ich noch nie erlebt! Du bemerkst nicht mal ein Kompliment, wenn du es bekommst«, sagte Meg und tat wie eine junge Dame, die alles darüber wusste.

»Ich denke, das ist großer Unsinn, und ich würde mich freuen, wenn du mir nicht meinen Spaß verdirbst. Laurie ist ein netter Junge und ich mag ihn, und ich will keine sentimentalen Dinge über Komplimente und solchen Unsinn hören. Wir werden alle freundlich zu ihm sein, weil er keine Mutter hat, und er darf vorbeikommen und uns besuchen, nicht wahr, Mami?«

»Ja, Jo, dein kleiner Freund ist sehr willkommen, und ich hoffe, Meg wird sich daran erinnern, dass Kinder Kinder sein sollten, solange sie können.«

»Ich betrachte mich nicht als Kind, und ich bin auch noch keine Jugendliche«, bemerkte Amy. »Was sagst du dazu, Beth?«

»Ich dachte gerade an unsere ›Pilgerreise‹, antwortete Beth, die überhaupt nicht zugehört hatte. »Wie wir dem Sumpf der Verzagtheit entkamen und durch die Pforte traten, indem wir beschlossen haben, gut zu sein, und den steilen Hügel hinaufgingen; und dass vielleicht das Haus dort drüben, das voller prächtiger Dinge ist, unser Palast der Schönheit ist.«

»Wir müssen aber zuerst an den Löwen vorbei«, sagte Jo, der diese Aussicht sehr gefiel.

Das große Haus erwies sich tatsächlich als Palast der Schönheit, obwohl es einige Zeit dauerte, bis alle einmal drin waren – und Beth fand es sehr schwer, an den Löwen vorbeizukommen. Der alte Mr. Laurence war der größte Löwe, aber nachdem er vorbeigekommen war, zu jedem der Mädchen etwas Lustiges oder Freundliches gesagt und mit ihrer Mutter über alte Zeiten gesprochen hatte, war die Angst weitestgehend verschwunden, außer bei der scheuen Beth. Der andere Löwe war die Tatsache, dass sie arm und Laurie reich waren, und das ließ sie davor zurückscheuen, Gefälligkeiten anzunehmen, die sie nicht zurückgeben konnten.

Nach einer Weile fanden sie aber heraus, dass Laurie sie für die Wohltäter hielt und nicht genug tun konnte, um ihnen zu zeigen, wie dankbar er für Mrs. Marchs mütterlichen Empfang war, für ihre fröhliche Gesellschaft und die Annehmlichkeiten, die er in ihrem bescheidenen Haus fand. Man vergaß bald den Stolz und tauschte Freundlichkeiten aus, ohne zu überlegen, welche davon die größere war.

In jener Zeit geschahen alle möglichen wundervollen Dinge, denn die neue Freundschaft blühte wie Gras im Frühling. Jeder mochte Laurie, und er sagte seinem Lehrer insgeheim, dass »die Marchs echt tolle Mädchen waren«. Mit der entzückenden Begeisterungsfähigkeit der Jugend nahmen sie den einsamen Jungen in ihre Mitte und kümmerten sich um ihn, und er fand die arglose Gesellschaft dieser herzensguten Mädchen ganz bezaubernd. Da er niemals Mutter oder Schwestern gekannt hatte, spürte er schnell, welchen Einfluss sie auf ihn ausübten, und ihre geschäftigen, lebendigen Weisen ließen ihn sich für das träge Leben schämen, das er führte. Er hatte genug von Büchern und fand Menschen jetzt so interessant, dass Mr. Brooke gezwungen war, sehr unbefriedigende Berichte zu verfassen, denn Laurie schwänzte immer öfter die Schule und lief zu den Marchs hinüber.

»Egal, lassen wir ihn etwas Ferien machen, das holen wir schon wieder auf«, sagte der alte Herr. »Die nette Lady von nebenan sagt, dass er zu viel lernt und junge Gesellschaft, Vergnügen und Bewegung braucht. Ich vermute, dass sie recht hat und dass ich den Jungen verhätschelt habe, als wäre ich seine Großmutter gewesen. Lassen wir ihn machen, was er will, solange er damit glücklich ist. Er kann in der kleinen Schwesternschule da drüben keinen Unfug treiben, und Mrs. March tut mehr für ihn, als wir jemals können.«

Eines stand fest: Sie hatten jede Menge Spaß. Gesellschafts- und Kartenspiele, Schlittenfahrten und ausgelassenes Schlittschuhlaufen, schöne Abende in der alten Stube und dann und wann lustige, kleine Partys im großen Haus. Meg konnte im Wintergarten spazieren gehen, wann immer sie wollte, und in den Blumensträußen schwelgen, Jo stöberte unersättlich in der neuen Bibliothek herum und erschütterte den alten Herrn mit ihrer Kritik, Amy malte Bilder ab und genoss die Schönheit nach Herzenslust, und Laurie spielte auf ganz reizende Art und Weise den ›Gutsherrn‹.

Nur Beth konnte, obwohl sie sich nach dem Flügel sehnte, nicht den Mut finden, in die »Villa der Glückseligkeit« zu gehen, wie Meg das Haus nannte. Sie ging einmal mit Jo mit, aber der alte Herr, der sich ihrer Schwäche nicht bewusst war, starrte sie so eindringlich unter seinen schweren Augenbrauen an und sagte so laut »Hey!«, dass er sie damit so sehr erschreckte, dass ›ihre Füße auf dem Boden klapperten‹, wie sie es ihrer Mutter gegenüber ausdrückte. Sie rannte weg und erklärte, sie würde nie wieder dorthin gehen, nicht einmal wegen des geliebten Flügels. Keine Überredungskunst oder Verlockung konnte ihre Angst überwinden, bis Mr. Laurence auf mysteriöse Weise zu Ohren kam, was passiert war, und er sich aufmachte, einige Dinge zu klären und zu verbessern. Während eines seiner kurzen Besuche brachte er das Gespräch kunstvoll auf das Thema Musik und sprach über große Sänger, die er gesehen hatte, schöne Orgeln, die er gehört hatte, und erzählte so charmante Anekdoten, dass es Beth unmöglich war, in ihrer Schmollecke zu bleiben, sondern sich in ihrer Faszination immer näher und näher schlich. Sie blieb hinter seinem Stuhl stehen und hörte mit großen, weit aufgerissenen Augen und vor Erregung roten Wangen dieser ungewöhnlichen Darbietung zu. Mr. Laurence nahm von ihr nicht mehr Notiz als von einer gewöhnlichen Fliege und sprach über Lauries Unterricht und seinen Lehrer. Und dann sagte er zu Mrs. March, als ob ihm die Idee gerade gekommen wäre …

»Der Junge vernachlässigt jetzt seine Musik, aber ich bin froh darüber, denn er hat sie zu sehr geliebt. Aber dem Klavier tut das wenige Spielen nicht gut. Könnten nicht einige Ihrer Mädchen ab und zu rüberkommen und darauf üben, damit es richtig gestimmt bleibt, Madam?«

Beth trat einen Schritt nach vorne und drückte ihre Hände fest zusammen, um nicht zu klatschen, denn das war eine unwiderstehliche Versuchung, und der Gedanke, an diesem großartigen Instrument üben zu dürfen, raubte ihr den Atem. Bevor Mrs. March antworten konnte, fuhr Mr. Laurence mit einem seltsamen, leichten Nicken und Lächeln fort …

»Die Mädchen müssen nicht jedes Mal um Erlaubnis fragen oder mit jemandem sprechen, sondern dürfen jederzeit hereinkommen. Ich bin in meinem Arbeitszimmer am anderen Ende des Hauses beschäftigt, Laurie ist viel unterwegs, und die Diener sind nach neun Uhr nie in der Nähe des Salons.«

Mit diesen Worten stand er auf, als ob er gehen wolle,

und Beth entschied sich dafür, doch etwas zu sagen, denn diese letzte Regelung ließ keinerlei Wünsche offen. »Bitte, sagen Sie den jungen Damen, was ich angeboten habe, und wenn sie nicht kommen wollen, ist das auch nicht schlimm.« Kaum hatte er das gesagt, legte sich eine kleine Hand in die seine; Beth sah ihn voller Dankbarkeit an und sagte auf ihre ernste und doch zaghafte Art …

»Oh Sir, sie wollen, sogar sehr gern!«

»Bist du das musikalische Mädchen?«, fragte er, dieses Mal ohne ein erstauntes »Hey!«, und blickte sehr freundlich auf sie herab.

»Ich bin Beth. Ich liebe Musik sehr, und ich werde kommen, wenn Sie ganz sicher sind, dass mich niemand hören und gestört werden wird«, fügte sie aus Angst, unhöflich zu sein, hinzu, und zitterte dabei ob ihres Mutes.

»Keine Seele, meine Liebe. Das Haus ist den halben Tag leer, also komm und klimpere so viel, wie du willst; damit würdest du mir einen großen Gefallen tun.«

»Wie freundlich Sie sind, Sir!«

Beth errötete wie eine Rose unter seinem freundlichen Blick, und sie hatte jetzt keine Angst und drückte seine Hand dankbar, weil sie keine Worte fand, um ihm für das kostbare Geschenk zu danken, das er ihr gemacht hatte. Der alte Herr streichelte ihr sanft das Haar aus der Stirn, und als er sich nach unten beugte, küsste er sie und sagte in einem Ton, den nur wenige Leute je gehört hatten …

»Ich hatte auch mal ein kleines Mädchen mit solchen Augen. Gott segne dich, meine Liebe! Guten Tag, Madam.« Und damit ging er eilig weg.

Beth und ihre Mutter waren voller Freude; dann rannte

das Mädchen nach oben, um ihrer invaliden Puppenfamilie die herrliche Nachricht zu überbringen, da die Mädchen nicht zu Hause waren. Wie fröhlich sang sie an diesem Abend, und wie mussten alle über sie lachen, als sie Amy mitten in der Nacht weckte, weil sie im Schlaf Klavier auf ihrem Gesicht gespielt hatte. Am nächsten Tag, nachdem sie sowohl den alten als auch den jungen Herrn aus dem Haus gehen gesehen hatte, ging Beth, nachdem sie zwei- oder dreimal gezögert hatte, durch die Seitentür ins Haus und machte sich so lautlos wie eine Maus auf den Weg in den Salon, wo der begehrte Flügel stand. Ganz zufällig lagen natürlich die Noten eines schönen, leichten Musikstücks auf dem Flügel, und Beth berührte mit zitternden Fingern und unter häufigem Innehalten zum Hören und Schauen endlich das große Instrument. Sofort vergaß sie ihre Angst, sich selbst und alles andere, außer der unaussprechlichen Freude, welche die Musik ihr bereitete, denn sie war für sie wie die Stimme einer geliebten Freundin.

Sie blieb, bis Hannah kam, um sie zum Abendessen nach Hause zu holen, aber sie hatte keinen Appetit und konnte nur dasitzen und alle in ihrer allgemeinen Seligkeit anlächeln.

Danach schlüpfte die kleine, braune Kapuze fast jeden Tag durch die Hecke, und der große Salon wurde immer öfter von einem melodischen Geist heimgesucht, der unsichtbar kam und ging. Sie bemerkte nicht, dass Mr. Laurence die Tür seines Arbeitszimmers öffnete, um den altmodischen Melodien zu lauschen, die ihm so gefielen. Sie hat auch Laurie nie gesehen, wie er in der Diele Wache stand, um die Diener wegzuscheuchen. Sie fand nie heraus, dass die Übungshefte und neuen Lieder, die sie im Regal fand, nur wegen ihr dorthin gelegt worden waren, und wenn er mit ihr über Musik sprach, dachte sie nur daran, wie freundlich er war, ihr Dinge zu erzählen, die ihr so sehr weiterhalfen. So amüsierte sie sich herzlich und fand heraus, was nicht immer der Fall ist, dass ihr erfüllter Wunsch genau das war, was sie sich erhofft hatte. Vielleicht war ihre Dankbarkeit für diese Annehmlichkeit der Grund dafür, dass ihr ein weit größeres Geschenk gemacht wurde. Jedenfalls hat sie beides verdient.

»Mutter, ich werde Mr. Laurence ein Paar Pantoffeln machen. Er ist so freundlich zu mir, ich muss ihm einfach danken, und mir fällt nichts anderes ein. Darf ich?«, fragte Beth ein paar Wochen nach seinem ereignisreichen Besuch.

»Ja, Liebes. Das wird ihm sehr gefallen und es ist eine schöne Möglichkeit, um ihm zu danken. Die Mädchen werden dir dabei helfen, und ich selbst werde die Schlussarbeiten bezahlen«, antwortete Mrs. March, die sich besonders freute, Beths Bitte zu erfüllen, da sie so selten etwas für sich selbst forderte.

Nach vielen ernsten Gesprächen mit Meg und Jo wurden das Muster gewählt, die Materialien gekauft und die Pantoffeln begonnen. Ein Muster aus feierlichen, aber fröhlichen Stiefmütterchen auf einem darunterliegenden, lilafarbenen Hintergrund wurde als sehr passend und hübsch befunden, und Beth arbeitete früh und spät daran, mit gelegentlicher Hilfe bei schwierigen Dingen. Sie war eine flinke, kleine Näherin, und die Pantoffeln waren fertig, bevor jemand die Arbeit daran satthatte. Dann schrieb sie eine kurze, einfache Notiz, und schmuggelte diese mit Lauries Hilfe eines Morgens, bevor der alte Herr aufstand, auf den Tisch in seinem Arbeitszimmer.

Als diese Aufregung ausgestanden war, wartete Beth, um zu sehen, was passieren würde. Der ganze Tag und ein Teil des nächsten vergingen, bevor sie eine Anerkennung erhielt, und sie begann schon zu befürchten, dass sie ihren verschrobenen Freund beleidigt hatte. Am Nachmittag des zweiten Tages ging sie hinaus, um eine Besorgung zu machen und der armen Joanna, der kranken Puppe, ihre tägliche Ausfahrt zu gönnen. Als sie die Straße hinaufging, sah sie bei ihrer Rückkehr drei, nein, vier Köpfe, die aus den Fenstern der Stube schauten. In dem Moment, als sie Beth sahen, kamen mehrere winkende Hände hinzu, und einige fröhliche Stimmen schrien …

»Hier ist ein Brief von dem alten Herrn! Komm schnell, und lies ihn!«

»Oh, Beth, er schickt dir …«, begann Amy und gestikulierte wild voller unziemlicher Energie. Sie kam aber nicht weiter, denn Jo schnitt ihre Worte ab, indem sie das Fenster herunterknallte.

Beth eilte voller Spannung weiter. An der Tür wurde sie von ihren Schwestern erwartet und in einem Triumphzug in die Stube begleitet, wo alle gleichzeitig auf etwas zeigten und sagten: »Sieh mal da! Sieh mal da!« Beth sah hin und wurde vor Freude und Überraschung blass; denn dort stand ein kleines Schrankklavier mit einem Brief auf dem glänzenden Deckel, der wie eine Hinweistafel an »Miss Elizabeth March« gerichtet war.

»Für mich?«, keuchte Beth, hielt sich an Jo fest und fühlte sich, als würde sie jeden Moment umfallen, so überwältigend war das alles für sie.

»Ja, alles für dich, mein Schatz! Ist es nicht großartig von ihm? Findest du nicht, dass er der liebste alte Mann der Welt ist? In dem Brief ist der Schlüssel. Wir haben ihn nicht geöffnet, aber wir sind gespannt, was er schreibt«, rief Jo, umarmte ihre Schwester und hielt ihr die Nachricht hin.

»Du musst ihn lesen! Ich kann nicht, ich fühle mich so seltsam! Oh, es ist zu schön.« Beth versteckte ihr Gesicht in Jos Schürze. Ihr Geschenk hatte sie völlig aus der Fassung gebracht.

Jo öffnete den Umschlag und fing an zu lachen, denn die ersten Worte, die sie sah, waren …

»›Miss March: Sehr geehrte Frau …‹«

»Wie schön das klingt! Ich wünschte, jemand würde *mir* so schreiben«, sagte Amy, die die altmodische Anrede sehr elegant fand.

»›Ich hatte in meinem Leben viele Pantoffeln, aber ich hatte noch nie welche, die mir so gut passten wie deine«, fuhr Jo fort. »›Stiefmütterchen sind meine Lieblingsblumen, und diese werden mich immer an den sanftmütigen Spender erinnern. Ich möchte gerne meine Schulden bezahlen, und ich hoffe, dass du ‘dem alten Herrn’ erlauben wirst, dir etwas zu schicken, das einst seiner kleinen Enkelin gehörte, die er verloren hat. Mit herzlichem Dank und besten Wünschen verbleibe ich, dein dankbarer Freund und demütiger Diener, JAMES LAURENCE‹.«

»Also, Beth, das ist eine Ehre, auf die du stolz sein darfst, dessen bin ich mir sicher! Laurie erzählte mir, wie sehr Mr. Laurence das verstorbene Kind geliebt hat und wie er all ihre kleinen Dinge sorgfältig aufbewahrte. Denk nur, er hat dir ihr Klavier geschenkt. Das kommt davon, wenn man große blaue Augen hat und Musik liebt«, sagte Jo und versuchte, Beth zu beruhigen, die immer noch zitterte und aufgeregter aussah als je zuvor.

»Sieh dir diese feinen Halterungen für Kerzen an, und die schöne grüne Seide, gekräuselt und mit einer goldenen Rose in der Mitte; und das hübsche Gestell und der Hocker, es ist alles da«, fügte Meg hinzu, öffnete das Instrument und zeigte seine Pracht.

»›Euer demütiger Diener, James Laurence‹. Stell dir vor, das hat er an *dich* geschrieben. Ich werde es den Mädchen sagen. Sie werden das bestimmt großartig finden«, sagte Amy, die von dem Brief sehr beeindruckt war.

»Versuch's mal, Schatz. Lasst hören, wie das Babypiano klingt«, sagte Hannah, die immer an den Freuden und Leiden der Familie teilnahm.

Also versuchte Beth es, und jeder sagte, dass es das bemerkenswerteste Klavier war, das er je gehört hatte. Es war offensichtlich neu gestimmt und pikobello gewartet worden, aber so perfekt es auch war, der wahre Zauber lag wohl im glücklichsten aller glücklichen Gesichter, das sich darüber lehnte, als Beth liebevoll die schönen schwarzen und weißen Tasten berührte und die glänzenden Pedale drückte.

»Du musst rübergehen und ihm danken«, sagte Jo aus Spaß, denn der Gedanke, dass das Kind wirklich gehen würde, kam ihr nie in den Sinn.

»Ja, das werde ich. Ich denke, ich gehe lieber jetzt, bevor ich Angst bekomme und darüber nachdenke.« Und zum größten Erstaunen der versammelten Familie ging Beth entschlossen durch den Garten, durch die Hecke und zur Tür der Laurences hinein.

»Nun, soll mich der Teufel holen, wenn das nicht das Seltsamste ist, was ich je gesehen habe! Das Klavier hat ihr den Kopf verdreht! Bei klarem Verstand wäre sie nie gegangen«, rief Hannah und starrte ihr nach, während die Mädchen angesichts dieses Wunders ziemlich sprachlos wurden.

Sie wären noch erstaunter gewesen, wenn sie gesehen hätten, was Beth danach getan hat. Glaubt es mir oder nicht, bevor sie Zeit hatte, darüber nachzudenken, klopfte sie an die Tür des Arbeitszimmers, und als eine schroffe Stimme rief, »Herein«, ging sie hinein. Sie ging ohne Umwege auf Mr. Laurence zu, der ziemlich verblüfft aussah, streckte ihre Hand aus und sagte mit nur einem kleinen Zittern in ihrer Stimme: »Ich kam, um Ihnen zu danken, Sir, für …« Aber sie beendete den Satz nicht, denn er sah so freundlich aus, dass sie ihre Rede vergaß, und als sie sich daran erinnerte, dass er das kleine Mädchen verloren hatte, das er liebte, legte sie beide Arme um seinen Hals und küsste ihn.

Wäre das Dach des Hauses plötzlich weggeflogen, der alte Herr hätte nicht erstaunter geschaut. Aber es gefiel ihm. Oh, ja, ja, er mochte es unglaublich! Und er war so gerührt und erfreut über diesen vertrauensvollen, kleinen Kuss, dass all seine Schroffheit verschwand, er sie einfach auf sein Knie hob, seine faltige Wange gegen ihre rosige legte und sich fühlte, als hätte er seine eigene, kleine Enkelin wieder zurückbekommen. Von diesem Moment an hörte Beth auf, sich vor ihm zu fürchten, und saß dort und unterhielt sich mit ihm so behaglich, als hätte sie ihn ihr ganzes Leben lang gekannt, denn Liebe übertrumpft die Angst, und Dankbarkeit kann Stolz besiegen. Als sie nach Hause ging, begleitete er sie bis zu ihrem eigenen Tor, schüttelte herzlich ihre Hände und tippte an seinen Hut; dann drehte er sich um, ging wieder zurück und sah sehr stattlich und aufrecht aus, genau wie der ansehnliche, soldatische, alte Herr, der er eben war.

Als die Mädchen diese Vorstellung sahen, begann Jo einen Freudentanz, der ihre Zufriedenheit unterstreichen sollte, Amy fiel vor lauter Überraschung fast aus dem Fenster, und Meg rief mit erhobenen Händen aus: »Ich glaube wirklich, jetzt geht die Welt unter.«

PAULO COELHO

Krieger des Lichts

Ein Krieger des Lichts vergisst niemals, dankbar zu sein.

Die Engel haben ihm im Kampf beigestanden; die himmlischen Heerscharen haben einem jeden Ding seinen rechten Platz zugewiesen und dem Krieger des Lichts erlaubt, sein Bestes zu geben.

Seine Gefährten meinen: »Was hat er doch für ein Glück!«

Denn ein Krieger des Lichts erreicht oft mehr, als seine Fähigkeiten erwarten lassen.

Daher kniet er bei Sonnenuntergang nieder und dankt dem schützenden Mantel, der ihn umgibt.

Aber seine Dankbarkeit beschränkt sich nicht auf die spirituelle Welt. Er vergisst niemals seine Freunde, weil ihr Blut sich auf dem Schlachtfeld mit seinem vermischt hat.

Einen Krieger des Lichts braucht man nicht an von anderen erwiesene Hilfe zu erinnern. Er erinnert sich von allein daran und teilt die Belohnung mit ihnen.

Aus sich selbst heraustreten

Wir sind immer damit beschäftigt, zu handeln, etwas zu tun, Probleme zu lösen, für andere zu sorgen. Ständig sind wir dabei, eine Sache zu planen, eine andere zu vollenden, eine dritte zu entdecken.

Daran ist nichts Schlechtes, denn schließlich bauen und verändern wir so die Welt. Doch zur Lebenserfahrung gehört auch das Gebet.

Hin und wieder innehalten, aus sich selbst heraustreten, angesichts des Universums still sein. Mit Körper und Seele niederknien. Ohne zu bitten, ohne zu denken, nicht einmal für etwas zu danken. Nur die wortlose Liebe, die uns umgibt, erleben. In diesen Augenblicken können unerwartet Tränen fließen, die weder Tränen der Freude noch solche der Trauer sind.

Sei nicht überrascht. Dies ist eine Gabe. Diese Tränen waschen deine Seele.

JOSEPH ROTH

Stationschef Fallmerayer

I

Das merkwürdige Schicksal des österreichischen Stationschefs Adam Fallmerayer verdient, ohne Zweifel, aufgezeichnet und festgehalten zu werden. Er verlor sein Leben, das, nebenbei gesagt, niemals ein glänzendes – und vielleicht nicht einmal ein dauernd zufriedenes – geworden wäre, auf eine verblüffende Weise. Nach allem, was Menschen voneinander wissen können, wäre es unmöglich gewesen, Fallmerayer ein ungewöhnliches Geschick vorauszusagen. Dennoch erreichte es ihn, es ergriff ihn – und er selbst schien sich ihm sogar mit einer gewissen Wollust auszuliefern.

Seit 1908 war er Stationschef. Er heiratete, kurz nachdem er seinen Posten auf der Station L. an der Südbahn, kaum zwei Stunden von Wien entfernt, angetreten hatte, die brave und ein wenig beschränkte, nicht mehr ganz junge Tochter eines Kanzleirats aus Brünn. Es war eine »Liebesehe« – wie man es zu jener Zeit nannte, in der die sogenannten »Vernunft-Ehen« noch Sitte und Herkommen waren. Seine Eltern waren tot. Fallmerayer folgte, als er heiratete, immerhin einem sehr maßvollen Zuge seines maßvollen Herzens, keineswegs dem Diktat seiner Vernunft. Er zeugte zwei Kinder – Mädchen und Zwillinge. Er hatte einen Sohn erwartet. Es lag in seiner Natur begründet, einen Sohn zu erwarten und die gleichzeitige Ankunft zweier Mädchen als eine peinliche Überraschung, wenn nicht als eine Bosheit Gottes anzusehen. Da er aber materiell gesichert und pensionsberechtigt war, gewöhnte er sich, kaum waren drei Monate seit der Geburt verflossen, an die Freigebigkeit der Natur, und er begann, seine Kinder zu lieben. Zu lieben: das heißt: sie mit der überlieferten bürgerlichen Gewissenhaftigkeit eines Vaters und braven Beamten zu versorgen.

An einem Märztag des Jahres 1914 saß Adam Fallmerayer, wie gewöhnlich, in seinem Amtszimmer. Der Telegrafenapparat tickte unaufhörlich. Und draußen regnete es. Es war ein verfrühter Regen. Eine Woche vorher hatte man noch den Schnee von den Schienen schaufeln müssen, und die Züge waren mit erschrecklicher Verspätung angekommen und abgefahren. Eines Nachts auf einmal hatte der Regen angefangen. Der Schnee verschwand. Und gegenüber der kleinen Station, wo die unerreichbare, blendende Herrlichkeit des Alpenschnees die ewige Herrschaft des Winters versprochen zu haben schien, schwebte seit einigen Tagen ein unnennbarer, ein namenloser graublauer Dunst: Wolke, Himmel, Regen und Berge in einem.

Es regnete, und die Luft war lau. Niemals hatte der Stationschef Fallmerayer einen so frühen Frühling erlebt. An seiner winzigen Station pflegten die Expresszüge, die nach dem Süden fuhren, nach Meran, nach Triest, nach Italien, niemals zu halten. An Fallmerayer, der zweimal täglich, mit leuchtend roter Kappe grüßend, auf den Perron trat, rasten die Expresszüge hemmungslos vorbei; sie degradierten beinahe den Stationschef zu einem Bahnwärter. Die Gesichter der Passagiere an den großen Fenstern verschwammen zu einem grauweißen Brei. Der Stationschef Fallmerayer hatte selten das Angesicht eines Passagiers sehen können, der nach dem Süden fuhr. Und der »Süden« war für den Stationschef mehr als lediglich eine geografische Bezeichnung. Der »Süden« war das Meer, ein Meer aus Sonne, Freiheit und Glück.

Eine Freikarte für die ganze Familie in der Ferienzeit gehörte gewisslich zu den Rechten eines höheren Beamten der Südbahn. Als die Zwillinge drei Jahre alt gewesen waren, hatte man mit ihnen eine Reise nach Bozen gemacht. Man fuhr mit dem Personenzug eine Stunde bis zu der Station, in der die hochmütigen Expresszüge hielten, stieg ein, stieg aus – und war noch lange nicht im Süden. Vier Wochen dauerte der Urlaub. Man sah die reichen Menschen der ganzen Welt – und es war, als seien diejenigen, die man gerade sah, zufällig auch die reichsten. Einen Urlaub hatten sie nicht. Ihr ganzes Leben war ein einziger Urlaub. Soweit man sah – weit und breit –, hatten die reichsten Leute der Welt auch keine Zwillinge; besonders nicht Mädchen. Und überhaupt: die reichen Leute waren es erst, die den Süden nach dem Süden brachten. Ein Beamter der Südbahn lebte ständig mitten im Norden.

Man fuhr also zurück und begann seinen Dienst von Neuem. Der Morseapparat tickte unaufhörlich. Und der Regen regnete.

Fallmerayer sah von seinem Schreibtisch auf. Es war fünf Uhr nachmittags. Obwohl die Sonne noch nicht untergegangen war, dämmerte es bereits, vom Regen kam es. Auf den gläsernen Vorsprung des Perrondachs trommelte der Regen ebenso unaufhörlich, wie der Telegrafenapparat zu ticken pflegte – und es war eine gemütliche, unaufhörliche Zwiesprache der Technik mit der Natur. Die großen, bläulichen Quadersteine unter dem Glasdach des Perrons waren trocken. Die Schienen aber – und zwischen den Schienenpaaren die winzigen Kieselsteine – funkelten trotz der Dunkelheit im nassen Zauber des Regens.

Obwohl der Stationschef Fallmerayer keine fantasiebegabte Natur war, schien es ihm dennoch, dass dieser Tag ein ganz besonderer Schicksalstag sei, und er begann, wie er so zum Fenster hinausblickte, wahrhaftig zu zittern. In sechsunddreißig Minuten erwartete er den Schnellzug nach Meran. In sechsunddreißig Minuten – so schien es Fallmerayer – würde die Nacht vollkommen sein – eine fürchterliche Nacht. Über seiner Kanzlei, im ersten Stock, tobten die Zwillinge wie gewöhnlich; er hörte ihre trippelnden, kindlichen und dennoch ein wenig brutalen Schritte. Er machte das Fenster auf. Es war nicht mehr kalt. Der Frühling kam über die Berge gezogen. Man hörte die Pfiffe rangierender Lokomotiven wie jeden Tag und die Rufe der Eisenbahnarbeiter und den dumpf scheppernden Anschlag der verkoppelten Waggons. Dennoch hatten heute die Lokomotiven einen besonderen Pfiff – so war es Fallmerayer. Er war ein ganz gewöhnlicher Mensch. Und nichts schien ihm sonderbarer, als dass er an diesem Tage in all den gewohnten, keineswegs überraschenden Geräuschen die unheimliche Stimme eines ungewöhnlichen Schicksals zu vernehmen glaubte. In der Tat aber ereignete sich an diesem

Tage die unheimliche Katastrophe, deren Folgen das Leben Adam Fallmerayers vollständig verändern sollten.

II

Der Expresszug hatte schon von B. aus eine geringe Verspätung angekündigt. Zwei Minuten, bevor er auf der Station L. einlaufen sollte, stieß er infolge einer falsch gestellten Weiche auf einen wartenden Lastzug. Die Katastrophe war da.

Mit eilig ergriffener und völlig zweckloser Laterne, die irgendwo auf dem Bahnsteig gestanden hatte, lief der Stationschef Fallmerayer die Schienen entlang dem Schauplatz des Unglücks entgegen. Er hatte das Bedürfnis gefühlt, irgendeinen Gegenstand zu ergreifen. Es schien ihm unmöglich, mit leeren, gewissermaßen unbewaffneten Händen dem Unheil entgegenzurennen. Er rannte zehn Minuten, ohne Mantel, die ständigen Peitschenhiebe des Regens auf Nacken und Schultern.

Als er an der Unglücksstelle ankam, hatte man die Bergung der Toten, der Verwundeten, der Eingeklemmten bereits begonnen. Es fing an, heftiger noch zu dunkeln, so, als beeilte sich die Nacht selber, zum ersten Schrecken zurechtzukommen und ihn zu vergrößern. Die Feuerwehr aus dem Städtchen kam mit Fackeln, die mit Geprassel und Geknister dem Regen mühsam standhielten. Dreizehn Waggons lagen zertrümmert auf den Schienen. Den Lokomotivführer wie den Heizer – sie waren beide tot – hatte man bereits fortgeschafft. Eisenbahner und Feuerwehrmänner und Passagiere arbeiteten mit wahllos aufgelesenen Werkzeugen an den Trümmern. Die Verwundeten schrien jämmerlich, der Regen rauschte, die Fackelfeuer knisterten. Den Stationschef fröstelte im Regen. Seine Zähne klapperten. Er hatte die Empfindung, dass er etwas tun müsse wie die andern, und gleichzeitig Angst, man würde es ihm verwehren zu helfen, weil er selbst das Unheil verschuldet haben könnte. Dem und jenem unter den Eisenbahnern, die ihn erkannten und im Eifer der Arbeit flüchtig grüßten, versuchte Fallmerayer mit tonloser Stimme irgendetwas zu sagen, was ebenso gut ein Befehl wie eine Bitte um Verzeihung hätte sein können. Aber niemand hörte ihn. So überflüssig in der Welt war er sich noch niemals vorgekommen. Und schon begann er zu beklagen, dass er sich nicht selbst unter den Opfern befinde, als sein ziellos umherirrender Blick auf eine Frau fiel, die man soeben auf eine Tragbahre gelegt hatte. Da lag sie nun, von den Helfern verlassen, von denen sie gerettet worden war, die großen, dunklen Augen auf die Fackeln in ihrer nächsten Nähe gerichtet, mit einem silbergrauen Pelz bis zu den Hüften zugedeckt und offenbar nicht imstande, sich zu rühren. Auf ihr großes, blasses und breites Angesicht fiel der unermüdliche Regen, und das schwankende Feuer der Fackeln zuckte darüber hin. Das Angesicht selbst leuchtete, ein nasses, silbernes Angesicht, im zauberhaften Wechsel von Flamme und Schatten. Die langen, weißen Hände lagen über dem Pelz, regungslos auch sie, zwei wunderbare Leichen. Es schien dem Stationsvorsteher, dass diese Frau auf der Bahre auf einer großen, weißen Insel aus Stille ruhe, mitten in einem betäubenden Meer von Lärm und Geräusch, und dass sie sogar

Stille verbreite. In der Tat war es, als ob all die hurtigen und geschäftigen Menschen einen Bogen um die Bahre machen wollten, auf der die Frau ruhte. War sie schon gestorben? Brauchte man sich nicht mehr um sie zu kümmern? Der Stationschef Fallmerayer näherte sich langsam der Bahre.

Die Frau lebte noch. Unverletzt war sie geblieben. Als Fallmerayer sich zu ihr niederbeugte, sagte sie, ohne seine Frage abzuwarten – ja sogar wie in einer gewissen Angst vor seinen Fragen –, ihr fehle nichts, sie glaube, sie könne aufstehn. Sie habe höchstens lediglich den Verlust ihres Gepäcks zu beklagen. Sie könne sich bestimmt erheben. Und sie machte sofort Anstalten aufzustehn. Fallmerayer half ihr. Er nahm den Pelz mit der Linken, umfasste die Schulter der Frau mit der Rechten, wartete, bis sie sich erhob, legte den Pelz um ihre Schultern, hierauf den Arm um den Pelz, und so gingen sie beide, ohne ein Wort, ein paar Schritte über Schienen und Geröll in das nahe Häuschen eines Weichenwärters, die wenigen Stufen hinauf, in die trockene, lichtvolle Wärme.

»Hier bleiben Sie ein paar Minuten ruhig sitzen«, sagte Fallmerayer. »Ich habe draußen zu tun. Ich komme gleich wieder.«

Im selben Augenblick wusste er, dass er log, und er log wahrscheinlich zum ersten Mal in seinem Leben. Dennoch war ihm die Lüge selbstverständlich. Und obwohl er in dieser Stunde nichts sehnlicher gewünscht hätte, als bei der Frau zu bleiben, wäre es ihm doch fürchterlich gewesen, in ihren Augen als ein Nutzloser zu erscheinen, der nichts anderes zu tun hatte, während draußen tausend Hände halfen und retteten. Er begab sich also eilig hinaus – und fand, zu seinem eigenen Erstaunen, jetzt den Mut und die Kraft, zu helfen, zu retten, hier einen Befehl zu erteilen und dort einen Rat, und obwohl er die ganze Zeit, während er half, rettete und schaffte, an die Frau im Häuschen denken musste und obwohl die Vorstellung, er könnte sie später nicht wiedersehn, grausam war und grauenhaft, blieb er dennoch tätig auf dem Schauplatz der Katastrophe, aus Angst, er könnte viel zu früh zurückkehren und also seine Nutzlosigkeit vor der Fremden beweisen. Und als verfolgten ihn ihre Blicke und feuerten ihn an, gewann er sehr schnell Vertrauen zu seinem Wort und zu seiner Vernunft, und er erwies sich als flinker, kluger und mutiger Helfer.

Also arbeitete er zwei Stunden etwa, ständig denkend an die wartende Fremde. Nachdem Arzt und Sanitäter den Verletzten die notwendige Hilfe geleistet hatten, machte sich Fallmerayer daran, in das Häuschen des Weichenstellers zurückzukehren. Dem Doktor, den er kannte, sagte er hastig, drüben sei noch ein Opfer der Katastrophe. Nicht ganz ohne Selbstbewusstsein betrachtete er seine zerschürften Hände und seine beschmutzte Uniform. Er führte den Arzt in die Stube des Weichenwärters und begrüßte die Fremde, die sich nicht von ihrem Platz gerührt zu haben schien, mit dem fröhlich-selbstverständlichen Lächeln, mit dem man längst Vertrauten wiederzubegegnen pflegt.

»Untersuchen Sie die Dame!«, sagte er zum Arzt. Und er selbst wandte sich zur Tür.

Er wartete ein paar Minuten draußen. Der Arzt kam und sagte: »Ein kleiner Schock, nichts weiter. Am besten, sie bleibt hier. Haben Sie Platz in Ihrer Wohnung?«

»Gewiss, gewiss!«, antwortete Fallmerayer. Und gemeinsam führten sie die Fremde in die Station, die Treppe hinauf, in die Wohnung des Stationschefs.

»In drei, vier Tagen ist sie völlig gesund«, sagte der Arzt.

In diesem Augenblick wünschte Fallmerayer, es möchten viel mehr Tage vergehen.

III

Der Fremden überließ Fallmerayer sein Zimmer und sein Bett. Die Frau des Stationsvorstehers handelte geschäftig zwischen der Kranken und den Kindern. Zweimal täglich kam Fallmerayer selbst. Die Zwillinge wurden zu strenger Ruhe angehalten.

Einen Tag später waren die Spuren des Unglücks beseitigt, die übliche Untersuchung eingeleitet, Fallmerayer vernommen, der schuldige Weichensteller vom Dienst entfernt. Zweimal täglich rasten die Expresszüge wie bisher am grüßenden Stationschef vorbei.

Am Abend nach der Katastrophe erfuhr Fallmerayer den Namen der Fremden: es war eine Gräfin Walewska, Russin, aus der Umgebung von Kiew, auf der Fahrt von Wien nach Meran begriffen. Ein Teil ihres Gepäcks fand sich und wurde ihr zugestellt: braune und schwarze lederne Koffer. Sie rochen nach Juchten und unbekanntem Parfüm. So roch es nun in der ganzen Wohnung Fallmerayers.

Er schlief jetzt – da man sein Bett der Fremden gegeben hatte – nicht in seinem Schlafzimmer, neben Frau Fallmerayer, sondern unten, in seinem Dienstzimmer. Das heißt: er schlief überhaupt nicht. Er lag wach. Am Morgen gegen neun Uhr betrat er das Zimmer, in dem die fremde Frau lag. Er fragte, ob sie gut geschlafen und gefrühstückt habe, ob sie sich wohlfühle. Ging mit frischen Veilchen zu der Vase auf der Konsole, wo die alten gestern gestanden hatten, entfernte die alten Blumen, setzte die neuen in frisches Wasser und blieb dann am Fußende des Bettes stehen. Vor ihm lag die fremde Frau, auf seinem Kissen, unter seiner Decke. Er murmelte etwas Undeutliches. Mit großen, dunklen Augen, einem weißen, starken Angesicht, das weit war wie eine fremde und süße Landschaft, auf den Kissen, unter der Decke des Stationsvorstehers, lag die fremde Frau. »Setzen Sie sich doch«, sagte sie, jeden Tag zweimal. Sie sprach das harte und fremde Deutsch einer Russin, eine tiefe, fremde Stimme. Alle Pracht der Weite und des Unbekannten war in ihrer Kehle.

Fallmerayer setzte sich nicht. »Entschuldigen schon, ich hab' viel zu tun«, sagte er, machte kehrt und entfernte sich.

Sechs Tage ging es so. Am siebenten riet der Doktor der Fremden weiterzufahren. Ihr Mann erwartete sie in Meran. Sie fuhr also und hinterließ in allen Zimmern und besonders im Bett Fallmerayers einen unauslöschbaren Duft von Juchten und einem namenlosen Parfüm.

IV

Dieser merkwürdige Duft blieb im Hause, im Gedächtnis, ja, man könnte sagen, im Herzen Fallmerayers viel länger haften als die Katastrophe. Und während der folgenden Wochen, in denen die langwierigen Untersuchungen über genauere Ursachen und detaillierteren Hergang des Unglücks ihren vorschriftsmäßigen Verlauf nahmen und Fallmerayer ein paarmal einvernommen wurde, hörte er nicht auf, an die fremde Frau zu denken, und wie betäubt von dem Geruch, den sie rings um ihn und in ihm hinterlassen hatte, gab er beinahe verworrene Auskünfte auf präzise Fragen. Wäre sein Dienst nicht verhältnismäßig einfach gewesen und er seit Jahren nicht bereits selbst zu einem fast mechanischen Bestandteil des Dienstes geworden, er hätte ihn nicht mehr guten Gewissens versehen können. Im Stillen hoffte er von einer Post zur andern auf eine Nachricht der Fremden. Er zweifelte nicht daran, dass sie noch einmal schreiben würde, wie es sich schickte, um für die Gastfreundschaft zu danken. Und eines Tages traf wirklich ein großer, dunkelblauer Brief aus Italien ein. Die Walewska schrieb, dass sie mit ihrem Mann weiter südwärts gefahren sei. Augenblicklich befände sie sich in Rom. Nach Sizilien wollten sie und ihr Mann fahren. Für die Zwillinge Fallmerayers kam einen Tag später ein niedlicher Korb mit Früchten und vom Mann der Gräfin Walewska für die Frau des Stationschefs ein Paket sehr zarter und duftender blasser Rosen. Es hätte lange gedauert, schrieb die Gräfin, ehe sie Zeit gefunden habe, ihren gütigen Wirten zu danken, aber sie sei auch eine längere Zeit nach ihrer Ankunft in Meran erschüttert und der Erholung bedürftig gewesen. Die Früchte und die Blumen brachte Fallmerayer sofort in seine Wohnung. Den Brief aber, obwohl er einen Tag früher gekommen war, behielt der Stationschef noch etwas länger. Sehr stark dufteten Früchte und Rosen aus dem Süden, aber Fallmerayer war es, als röche der Brief der

Gräfin noch kräftiger. Es war ein kurzer Brief. Fallmerayer kannte ihn auswendig. Er wusste genau, welche Stelle jedes Wort einnahm. Mit lila Tinte, in großen, fliegenden Zügen geschrieben, nahmen sich die Buchstaben aus wie eine schöne Schar fremder, seltsam gefiederter, schlanker Vögel, dahinschwebend auf tiefblauem Himmelsgrund. »Anja Walewska« lautete die Unterschrift. Auf den Vornamen der Fremden, nach dem er sie zu fragen niemals gewagt hatte, war er längst begierig gewesen, als wäre ihr Vorname einer ihrer verborgenen körperlichen Reize. Nun, da er ihn kannte, war es ihm eine Weile, als hätte sie ihm ein süßes Geheimnis geschenkt. Und aus Eifersucht, um es für sich allein zu bewahren, entschloss er sich, erst zwei Tage später den Brief seiner Frau zu zeigen. Seitdem er den Vornamen der Walewska wusste, kam es ihm zum Bewusstsein, dass der seiner Frau – sie hieß Klara – nicht schön war. Als er nun sah, mit welch gleichgültigen Händen Frau Klara den Brief der Fremden entfaltete, kamen ihm auch die fremden Hände der Schreiberin in Erinnerung – so, wie er sie zum ersten Mal erblickt hatte, über dem Pelz, regungslose Hände, zwei schimmernde, silberne Hände. Damals hätte ich sie küssen sollen – dachte er einen Augenblick. »Ein sehr netter Brief«, sagte seine Frau und legte den Brief weg. Ihre Augen waren stahlblau und pflichtbewusst, nicht einmal bekümmert. Frau Klara Fallmerayer besaß die Fähigkeit, sogar Sorgen als Pflichten zu werten und im Kummer eine Genugtuung zu finden. Das glaubte Fallmerayer – dem derlei Überlegungen oder Einfälle immer fremd gewesen waren – auf einmal zu erkennen. Und er schützte heute Nacht eine dringende dienstliche Obliegenheit vor, mied das gemeinsame Zimmer und legte sich unten im Dienstraum schlafen und versuchte sich einzureden, oben, über ihm, in seinem Bett, schliefe noch immer die Fremde.

Die Tage vergingen, die Monate. Aus Sizilien flogen noch zwei bunte Ansichtskarten heran, mit flüchtigen Grüßen. Der Sommer kam, ein heißer Sommer. Als die Zeit des Urlaubs herannahte, beschloss Fallmerayer, nirgends hinzufahren. Frau und Kinder schickte er in eine Sommerfrische nach Österreich. Er blieb und versah seinen Dienst weiter. Zum ersten Mal seit seiner Verheiratung war er von seiner Frau getrennt. Im Stillen hatte er sich zu viel von dieser Einsamkeit versprochen. Erst als er allein geblieben war, begann er zu merken, dass er keineswegs allein hatte sein wollen. Er kramte in allen Fächern; er suchte nach dem Brief der fremden Frau. Aber er fand ihn nicht mehr. Frau Fallmerayer hatte ihn vielleicht längst vernichtet.

Frau und Kinder kamen zurück, der Juli ging zu Ende.

Da war die allgemeine Mobilisierung da.

V

Fallmerayer war Fähnrich in der Reserve im Einundzwanzigsten Jägerbataillon. Da er einen verhältnismäßig wichtigen Posten versah, wäre es ihm, wie mehreren seiner Kollegen, möglich gewesen, noch eine Weile im Hinterland zu bleiben. Allein Fallmerayer legte seine Uniform an, packte seinen Koffer, umarmte seine Kinder, küsste seine Frau und fuhr zu seinem Kader. Dem Bahnassistenten übergab er den Dienst. Frau Fallmerayer weinte, die Zwillinge jubelten, weil sie ihren Vater in einer ungewohnten Kleidung sahen. Frau Fallmerayer verfehlte nicht, stolz auf ihren Mann zu sein – aber erst in der Stunde der Abfahrt. Sie unterdrückte die Tränen. Ihre blauen Augen waren erfüllt von bitterem Pflichtbewusstsein.

Was den Stationschef selbst betraf, so empfand er erst, als er mit einigen Kameraden in einem Abteil geblieben war, die grausame Entschiedenheit dieser Stunden. Dennoch glaubte er zu fühlen, dass er sich durch eine ganz unbestimmte Heiterkeit von all den in seinem Abteil anwesenden Offizieren unterschied. Es waren Reserveoffiziere. Jeder von ihnen hatte ein geliebtes Haus verlassen. Und jeder von ihnen war in dieser Stunde begeisterter Soldat. Jeder zugleich auch ein trostloser Vater, ein trostloser Sohn. Fallmerayer allein schien es, dass ihn der Krieg aus einer aussichtslosen Lage befreit hatte. Seine Zwillinge kamen ihm gewiss bedauernswert vor. Auch seine Frau. Gewiss, auch seine Frau. Während aber die Kameraden, begannen sie von der Heimat zu sprechen, alle zärtliche Herzlichkeit, deren sie fähig sein mochten, in Mienen und Gebärden offenbarten, war es Fallmerayer, als müsste er, um es ihnen gleichzutun, sobald er von den Seinen zu erzählen begann, wenn auch keine lügnerische, so doch eine übertriebene Bangigkeit in Blick und Stimme legen. Und eigentlich hatte er eher Lust, mit den Kameraden von der Gräfin Walewska zu sprechen als von seinem Haus. Er zwang sich zu schweigen. Und es kam ihm vor, dass er doppelt log: einmal, weil er verschwieg, was ihn im Innersten bewegte, und zweitens, weil er hie und da von seiner Frau und seinen Kindern erzählte – von denen er in dieser Stunde viel weiter entfernt war als von der Gräfin Walewska, der Frau eines feindlichen Landes. Er begann, sich ein wenig zu verachten.

VI

Er rückte ein. Er ging ins Feld. Er kämpfte. Er war ein tapferer Soldat. Er schrieb die üblichen herzlichen Feldpostbriefe nach Haus. Er wurde ausgezeichnet, zum Leutnant ernannt. Er wurde verwundet. Er kam ins Lazarett. Er hatte Anspruch auf Urlaub. Er verzichtete und ging wieder ins Feld. Er kämpfte im Osten. In freien Stunden, zwischen Gefecht, Inspizierung, Sturmangriff, begann er, aus zufällig gefundenen Büchern Russisch zu lernen. Beinahe mit Wollust. Mitten im Gestank des Gases, im Geruch des Bluts, im Regen, im Sumpf, im Schlamm, im Schweiß der Lebendigen, im Dunst der faulenden Kadaver verfolgte Fallmerayer der fremde Duft von Juchten und das namenlose Parfüm der Frau, die einmal in seinem Bett, auf seinem Kissen, unter seiner Decke gelegen hatte. Er lernte die Muttersprache dieser Frau und stellte sich vor, er spräche mit ihr, in ihrer Sprache. Zärtlichkeiten lernte er, Verschwiegenheiten, kostbare russische Zärtlichkeiten. Er sprach mit ihr. Durch einen ganzen großen Weltkrieg war er von ihr getrennt, und er sprach mit ihr. Mit kriegsgefangenen Russen unterhielt er sich. Mit hundertfach geschärftem Ohr vernahm er die zartesten Tönungen, und mit geläufiger Zunge sprach er sie nach. Mit jedem neuen Klang der fremden Sprache, den er lernte, kam er der fremden Frau näher. Nichts mehr wusste er von ihr, als was er zuletzt von ihr gesehn hatte: flüchtigen Gruß und flüchtige Unterschrift auf einer banalen Ansichtskarte. Aber für ihn lebte sie; auf ihn wartete sie; bald sollte er mit ihr sprechen.

Er kam, weil er Russisch konnte, als sein Bataillon an die Südfront abkommandiert wurde, zu einem der Regimenter, die eine kurze Zeit später in die sogenannte Okkupationsarmee eingereiht wurden. Fallmerayer wurde zuerst als Dolmetsch zum Divisionskommando versetzt, hierauf zur »Kundschafter- und Nachrichtenstelle«. Er gelangte schließlich in die Nähe von Kiew.

VII

Den Namen Solowienki hatte er wohl behalten. Mehr als behalten: vertraut und heimisch war ihm dieser Name geworden.

Ein Leichtes war es, den Namen des Gutes herauszufinden, das der Familie Walewski gehörte. Solowki hieß es und lag drei Werst südlich von Kiew. Fallmerayer geriet in süße, beklemmende und schmerzliche Erregung. Er hatte das Gefühl einer unendlichen Dankbarkeit gegen das Schicksal, das ihn in den Krieg und hierher geführt hatte, und zugleich eine namenlose Angst vor allem, was es ihm jetzt erst zu bereiten begann. Krieg, Sturmangriff, Verwundung, Todesnähe: es waren ganz blasse Ereignisse, verglichen mit jenem, das ihm nun bevorstand. Lediglich eine – wer weiß: vielleicht unzulängliche – Vorbereitung für die Begegnung mit der Frau war alles gewesen. War er wirklich für alle Fälle gerüstet? War sie überhaupt in ihrem Hause? Hatte sie nicht der Einmarsch der feindlichen Armee in gesichertere Gegenden getrieben? Und wenn sie zu Hause lebte, war ihr Mann mit ihr? Man musste auf alle Fälle hingehn und sehn.

Fallmerayer ließ einspannen und fuhr los.

Es war ein ziemlich früher Morgen im Mai. Man fuhr im leichten, zweirädrigen Wägelchen an blühenden Wiesen vorbei, auf gewundener, sandiger Landstraße, durch eine fast unbewohnte Gegend. Soldaten marschierten klappernd und rasselnd dahin, zu den üblichen Exerzierübungen. Im lichten und hohen blauen Gewölbe des Himmels verborgen trillerten die Lerchen. Dichte, dunkle Flecken kleiner Tannenwäldchen wechselten ab mit dem hellen, fröhlichen Silber der Birken. Und der Morgenwind brachte aus weiter Ferne abgebrochenen Gesang der Soldaten aus entlegenen Baracken. Fallmerayer dachte an seine Kindheit, an die Natur seiner Heimat. Nicht weit von der Station, an der er bis zum Kriege Dienst getan hatte, war er geboren worden und aufgewachsen. Auch sein Vater war Bahnbeamter gewesen, niederer Bahnbeamter, Magazineur. Die ganze Kindheit Fallmerayers war, wie sein späteres Leben, erfüllt gewesen von den Geräuschen und Gerüchen der Eisenbahn wie von denen der Natur. Die Lokomotiven pfiffen und hielten Zwiesprache mit dem Jubel der Vögel. Der schwere Dunst der Steinkohle lagerte über dem Duft der blühenden Felder. Der graue Rauch der Bahnen verschwamm mit dem blauen Gewölk über den Bergen zu einem einzigen Nebel aus süßer Wehmut und Sehnsucht. Wie anders war diese Welt hier, heiter und traurig in einem, keine heimliche Güte mehr auf mildem, sanftem Abhang, spärlicher Flieder hier, keine vollen Dolden mehr hinter sauber gestrichenen

Zäunen. Niedere Hütten mit breiten, tiefen Dächern aus Stroh, wie Kapuzen, winzige Dörfer, verloren in der Weite und sogar in dieser übersichtlichen Fläche noch gleichsam verborgen. Wie verschieden waren die Länder! Waren es auch die menschlichen Herzen? Wird sie mich auch begreifen? – fragte sich Fallmerayer. Wird sie mich auch begreifen? – Und je näher er dem Gute der Walewskis kam, desto heftiger loderte die Frage in seinem Herzen. Je näher er kam, desto sicherer schien es ihm auch, dass die Frau zu Hause war. Bald zweifelte er gar nicht mehr daran, dass ihn noch Minuten nur von ihr trennten. Ja, sie war zu Hause.

Gleich am Anfang der schütteren Birkenallee, die den sachten Aufstieg zum Herrenhaus ankündigte, sprang Fallmerayer aus dem Wagen. Zu Fuß legte er den Weg zurück, damit es noch ein wenig länger dauere. Ein alter Gärtner fragte nach seinen Wünschen. Er möchte die Gräfin sehen, sagte Fallmerayer. Er wolle es ausrichten, meinte der Mann, entfernte sich langsam und kam bald wieder. Ja, die Frau Gräfin war da und erwartete den Besuch.

Die Walewska erkannte Fallmerayer selbstverständlich nicht. Sie hielt ihn für einen der vielen militärischen Besucher, die sie in der letzten Zeit hatte empfangen müssen. Sie bat ihn, sich zu setzen. Ihre Stimme, tief, dunkel, fremd, erschreckte ihn und war ihm wohlvertraut zugleich, ein heimischer Schauder, ein wohlbekannter, liebevoll begrüßter, seit undenklichen Jahren sehnsüchtig erwarteter Schrecken. »Ich heiße Fallmerayer!«, sagte der Offizier. – Sie hatte natürlich den Namen vergessen. »Sie erinnern sich«, begann er wieder, »ich bin der Stationschef von L.« Sie trat näher zu ihm, fasste seine Hände, er roch ihn wieder, den Duft, der ihn undenkliche Jahre verfolgt, umgeben, gehegt, geschmerzt und getröstet hatte. Ihre Hände lagen einen Augenblick auf den seinen. »Oh, erzählen Sie, erzählen Sie!«, rief die Walewska. Er erzählte kurz, wie es ihm ging. »Und Ihre Frau, Ihre Kinder?«, fragte die Gräfin. »Ich habe sie nicht mehr gesehen!«, sagte Fallmerayer. »Ich habe nie Urlaub genommen.«

Hierauf entstand eine kleine Stille. Sie sahen sich an. In dem breiten und niederen, weiß getünchten und fast kahlen Zimmer lag die Sonne des jungen Vormittags golden und satt. Fliegen summten an den Fenstern. Fallmerayer sah still auf das breite, weiße Angesicht der Gräfin. Vielleicht verstand sie ihn. Sie erhob sich, um eine Gardine vor das mittlere der drei Fenster zu ziehen. »Zu hell?«, fragte sie. »Lieber dunkel!«, antwortete Fallmerayer. Sie kam an das Tischchen zurück, rührte ein Glöckchen, der alte Diener kam; sie bestellte Tee. Die Stille zwischen ihnen wich nicht: sie wuchs im Gegenteil, bis man den Tee brachte. Fallmerayer rauchte. Während sie ihm den Tee einschenkte, fragte er plötzlich: »Und wo ist Ihr Mann?«

Sie wartete, bis sie die Tasse gefüllt hatte, als müsste sie erst eine sehr vorsorgliche Antwort überlegen. »An der Front natürlich!«, sagte sie dann. »Ich höre seit drei Monaten nichts mehr von ihm. Wir können ja jetzt nicht korrespondieren!« – »Sind Sie sehr in Sorge?«, fragte Fallmerayer. »Gewiss«, erwiderte sie, »nicht weniger als Ihre Frau um Sie wahrscheinlich.« – »Verzeihen Sie, Sie haben recht, ich war recht dumm«, sagte Fallmerayer. Er blickte auf die Teetasse.

Sie hätte sich geweigert, erzählte die Gräfin weiter, das

Haus zu verlassen. Andere seien geflohen. Sie fliehe nicht, vor ihren Bauern nicht und auch nicht vor dem Feind. Sie lebe hier mit vier Dienstboten, zwei Reitpferden und einem Hund. Geld und Schmuck habe sie vergraben. Sie suchte lange nach einem Wort, sie wusste nicht, wie man »vergraben« auf Deutsch sage, und zeigte auf die Erde. Fallmerayer sagte das russische Wort. »Sie können Russisch?«, fragte sie. »Ja«, sagte er, »ich habe es gelernt, im Felde gelernt.« Und auf Russisch fügte er hinzu: »Ihretwegen, für Sie, um einmal mit Ihnen sprechen zu können, habe ich Russisch gelernt.«

Sie bestätigte ihm, dass er vorzüglich spreche, so, als hätte er seinen inhaltsschweren Satz nur gesprochen, um seine sprachlichen Fähigkeiten zu beweisen. Auf diese Weise verwandelte sie sein Geständnis in eine bedeutungslose Stilübung. Aber gerade diese ihre Antwort bewies ihm, dass sie ihn gut verstanden habe.

Nun will ich gehen, dachte er. Er stand auch sofort auf. Und ohne ihre Einladung abzuwarten und wohl wissend, dass sie seine Unhöflichkeit richtig deuten würde, sagte er: »Ich komme in der nächsten Zeit wieder!« – Sie antwortete nicht. Er küsste ihre Hand und ging.

VIII

Er ging – und zweifelte nicht mehr daran, dass sein Geschick anfing, sich zu erfüllen. Es ist ein Gesetz, sagte er sich. Es ist unmöglich, dass ein Mensch einem andern so unwiderstehlich entgegengetrieben wird und dass der andere zugeschlossen bleibt. Sie fühlt, was ich fühle. Wenn sie mich noch nicht liebt, so wird sie mich bald lieben.

Mit der gewohnten sicheren Solidität des Beamten und Offiziers erledigte Fallmerayer seine Obliegenheiten. Er beschloss, vorläufig zwei Wochen Urlaub zu nehmen, zum ersten Mal, seitdem er eingerückt war. Seine Ernennung zum Oberleutnant musste in einigen Tagen erfolgen. Diese wollte er noch abwarten.

Zwei Tage später fuhr er noch einmal nach Solowki. Man sagte ihm, die Gräfin Walewska sei nicht zu Hause und würde vor Mittag nicht erwartet. »Nun«, sagte er, »so werde ich im Garten so lange bleiben.« Und da man nicht wagte, ihn hinauszuweisen, ließ man ihn in den Garten hinter dem Hause.

Er sah zu den zwei Reihen der Fenster hinauf. Er vermutete, dass die Gräfin zu Hause war und sich verleugnen ließ. In der Tat glaubte er, bald hinter diesem, bald hinter jenem Fenster den Schimmer eines hellen Kleides zu sehen. Er wartete geduldig und geradezu gelassen.

Als es zwölf Uhr vom nahen Kirchturm schlug, ging er wieder ins Haus. Frau Walewska war da. Sie kam gerade die Treppe herunter, in einem schwarzen, engen und hochgeschlossenen Kleid, eine dünne Schnur kleiner Perlen um den Kragen und ein silbernes Armband um die enge linke Manschette. Es schien Fallmerayer, dass sie sich seinetwegen gepanzert hatte – und es war, als ob das Feuer, das ewig in seinem Herzen für sie brannte, noch ein neues, ein besonderes, kleines Feuerchen geboren habe. Neue Lichter zündete die Liebe an. Fallmerayer lächelte. »Ich habe lange warten müssen«, sagte er, »aber ich habe gern gewartet, wie

Sie wissen. Ich habe hinten im Garten zu den Fenstern hinaufgeschaut und habe mir eingebildet, dass ich das Glück habe, Sie zu sehn. So ist mir die Zeit vergangen.«

Ob er essen wolle, fragte die Gräfin, da es gerade Zeit sei. Gewiss, sagte er, er habe Hunger. Aber von den drei Gängen, die man dann servierte, nahm er nur die lächerlichsten Brocken.

Die Gräfin erzählte vom Ausbruch des Krieges. Wie sie in höchster Eile aus Kairo nach Hause heimgekehrt seien. Vom Garderegiment ihres Mannes. Von dessen Kameraden. Von ihrer Jugend hierauf. Von Vater und Mutter. Von der Kindheit dann. Es war, als suchte sie sehr krampfhaft nach Geschichten und als wäre sie sogar bereit, etwelche zu erfinden – alles nur, um den ohnehin schweigsamen Fallmerayer nicht sprechen zu lassen. Er strich seinen kleinen, blonden Schnurrbart und schien genau zuzuhören. Er aber hörte viel stärker auf den Duft, den die Frau ausströmte, als auf die Reden, die sie führte. Seine Poren lauschten. Und, im Übrigen: auch ihre Worte dufteten, ihre Sprache. Alles, was sie erzählen konnte, erriet er ohnedies. Nichts von ihr konnte ihm verborgen bleiben. Was konnte sie ihm verbergen? Ihr strenges Kleid schützte ihren Körper keineswegs vor seinem wissenden Blick. Er fühlte die Sehnsucht seiner Hände nach ihr, das Heimweh seiner Hände nach der Frau. Als sie aufstanden, sagte er, dass er noch zu bleiben gedenke, Urlaub habe er heute, einen viel längeren Urlaub nehme er in einigen Tagen, sobald er Oberleutnant geworden sei. Wohin er fahren wolle?, fragte die Gräfin. »Nirgendwohin!«, sagte Fallmerayer. »Bei Ihnen will ich bleiben!« Sie lud ihn ein zu bleiben, solange er wolle –

heute und später. Jetzt müsse sie ihn allein lassen und sich im Hause ein wenig umsehen. Wolle er kommen – es gäbe Zimmer genug im Hause – und so viele, dass sie es nicht nötig hätten, einander zu stören.

Er verabschiedete sich. Da sie nicht mit ihm bleiben könne, sagte er, zöge er es vor, in die Stadt zurückzukehren.

Als er in den Wagen stieg, wartete sie auf der Schwelle, im strengen, schwarzen Kleid, mit ihrem weiten, hellen Antlitz darüber – und während er die Peitsche ergriff, hob sie sachte die Hand zu einem halben, gleichsam angestrengt gezügelten Gruß.

IX

Ungefähr eine Woche nach diesem Besuch erhielt der neu ernannte Oberleutnant Adam Fallmerayer seinen Urlaub. Allen Kameraden sagte er, er wolle nach Hause fahren. Indessen begab er sich in das Herrenhaus der Walewski, bezog ein Zimmer im Parterre, das man für ihn vorbereitet hatte, aß jeden Tag mit der Frau des Hauses, sprach mit ihr über dies und jenes, Gleichgültiges und Fernes, erzählte von der Front und gab nie Acht auf den Inhalt seiner Rede, ließ sich erzählen und hörte nicht zu. In der Nacht schlief er nicht, schlief er ebenso wenig wie vor Jahren daheim im Stationsgebäude, während der sechs Tage, an denen die Gräfin über ihm, in seinem Zimmer, genächtigt hatte. Auch heute ahnte er sie in den Nächten über sich, über seinem Haupt, über seinem Herzen.

Eines Nachts, es war schwül, ein linder, guter Regen

fiel, erhob sich Fallmerayer, kleidete sich an und trat vor das Haus. Im geräumigen Treppenhaus brannte eine gelbe Petroleumlaterne. Still war das Haus, still war die Nacht, still war der Regen, er fiel wie auf zarten Sand, und sein eintöniges Singen war der Gesang der nächtlichen Stille selbst. Auf einmal knarrte die Treppe. Fallmerayer hörte es, obwohl er sich vor dem Tor befand. Er sah sich um. Er hatte das schwere Tor offen gelassen. Und er sah die Gräfin Walewska die Treppen hinuntersteigen. Sie war vollkommen angezogen, wie bei Tag. Er verneigte sich, ohne ein Wort zu sagen. Sie kam nahe zu ihm heran. So blieben sie, stumm, ein paar Sekunden. Fallmerayer hörte sein Herz klopfen. Auch war ihm, als klopfte das Herz der Frau so laut wie das seine – und im gleichen Takt mit diesem. Schwül schien auf einmal die Luft geworden zu sein, kein Zug kam durch das offene Tor. Fallmerayer sagte: »Gehen wir durch den Regen, ich hole Ihnen den Mantel!« Und ohne eine Zustimmung abzuwarten, stürzte er in sein Zimmer, kam mit dem Mantel zurück, legte ihn der Frau um die Schultern, wie er ihr einmal den Pelz umgelegt hatte, damals, an dem unvergesslichen Abend der Katastrophe, und hierauf den Arm um den Mantel. Und so gingen sie in die Nacht und in den Regen.

Sie gingen die Allee entlang, trotz der nassen Finsternis leuchteten silbern die dünnen, schütteren Stämme, wie von einem im Innern entzündeten Licht. Und als erweckte dieser silberne Glanz der zärtlichsten Bäume der Welt Zärtlichkeit im Herzen Fallmerayers, drückte er seinen Arm fester um die Schulter der Frau, spürte durch den harten, durchnässten Stoff des Mantels die nachgiebige Güte des

Körpers, für eine Weile schien es ihm, dass sich ihm die Frau zuneige, ja, dass sie sich an ihn schmiege, und doch war einen hurtigen Augenblick später wieder geraumer Abstand zwischen ihren Körpern. Seine Hand verließ ihre Schultern, tastete sich empor zu ihrem nassen Haar, strich über ihr nasses Ohr, berührte ihr nasses Angesicht. Und im nächsten Augenblick blieben sie beide gleichzeitig stehn, wandten sich einander zu, umfingen sich, der Mantel sank von ihren Schultern nieder und fiel taub und schwer auf die Erde – und so, mitten in Regen und Nacht, legten sie Gesicht an Gesicht, Mund an Mund und küssten sich lange.

X

Einmal sollte Oberleutnant Fallmerayer nach Shmerinka versetzt werden, aber es gelang ihm, mit vieler Anstrengung, zu bleiben. Fest entschlossen war er zu bleiben. Jeden Morgen, jeden Abend segnete er den Krieg und die Okkupation. Nichts fürchtete er mehr als einen plötzlichen Frieden. Für ihn war der Graf Walewski seit Langem tot, an der Front gefallen oder von meuternden kommunistischen Soldaten umgebracht. Ewig hatte der Krieg zu währen, ewig der Dienst Fallmerayers an diesem Ort, in dieser Stellung.

Nie mehr Frieden auf Erden.

Dem Übermut war Fallmerayer eben anheimgefallen, wie es manchen Menschen geschieht, denen das Übermaß ihrer Leidenschaft die Sinne blendet, die Einsicht raubt, den Verstand betört. Allein, schien es ihm, sei er auf der Erde, er und der Gegenstand seiner Liebe. Selbstverständlich aber ging, unbekümmert um ihn, das große und verworrene Schicksal der Welt weiter. Die Revolution kam. Der Oberleutnant und Liebhaber Fallmerayer hatte sie keineswegs erwartet.

Doch schärfte, wie es in höchster Gefahr zu geschehen pflegt, der heftige Schlag der außergewöhnlichen Schicksalsstunde auch seine eingeschläferte Vernunft, und mit verdoppelter Wachsamkeit erkannte er schnell, dass es galt, das Leben der geliebten Frau, sein eigenes und vor allem ihrer beider Gemeinsamkeit zu retten. Und da ihm, mitten in der Verwirrung, welche die plötzlichen Ereignisse angerichtet hatten, dank seiner militärischen Grade und der besonderen Dienste, die er versah, immer noch einige, fürs Erste genügende Hilfs- und sogar Machtmittel verblieben waren, bemühte er sich, diese schnell zu nutzen; und also gelang es ihm, innerhalb der ersten paar Tage, in denen die österreichische Armee zerfiel, die deutsche sich aus der Ukraine zurückzog, die russischen Roten ihren Einmarsch begannen und die neuerlich revoltierenden Bauern gegen die Gutshöfe ihrer bisherigen Herren mit Brand und Plünderung anrückten, zwei gut geschützte Autos der Gräfin Walewska zur Verfügung zu stellen, ein halbes Dutzend ergebener Mannschaften mit Gewehren und Munition und einem Mundvorrat für ungefähr eine Woche.

Eines Abends – die Gräfin weigerte sich immer noch, ihren Hof zu verlassen – erschien Fallmerayer mit den Wagen und seinen Soldaten und zwang seine Geliebte mit heftigen Worten und beinahe mit körperlicher Gewalt, den Schmuck, den sie im Garten vergraben hatte, zu holen und sich zur Abreise fertig zu machen. Das dauerte eine ganze Nacht. Als der trübe und feuchte Spätherbstmorgen zu grauen begann, waren sie fertig, und die Flucht konnte beginnen. In dem geräumigeren, von Zeltleinwand überdachten Auto befanden sich die Soldaten. Ein Militärchauffeur lenkte das Personen-Automobil, das dem ersten folgte und in dem die Gräfin und Fallmerayer saßen. Sie hatten beschlossen, nicht westwärts zu fahren, wie damals alle Welt tat, sondern südlich. Man konnte mit Sicherheit annehmen, dass alle Straßen des Landes, die nach dem Westen führten, von rückflutenden Truppen verstopft sein würden. Und wer weiß, was man noch an den Grenzen der neu entstandenen westlichen Staaten zu erwarten hatte! Möglich war immerhin – und wie es sich später zeigte, war es sogar Tatsache –, dass man an den westlichen Grenzen des russischen Reiches neue Kriege angefangen hatte. In der Krim und im Kaukasus hatte die Gräfin Walewska außerdem reiche und mächtige Anverwandte. Hilfe war von ihnen selbst unter diesen veränderten Verhältnissen immerhin noch zu erwarten, sollte man ihrer bedürftig werden. Und was das Wichtigste war: ein kluger Instinkt sagte den beiden Liebenden, dass in einer Zeit, in der das wahrhaftige Chaos auf der ganzen Erde herrschte, das ewige Meer die einzige Freiheit bedeuten müsse. An das Meer wollten sie zuallererst gelangen. Sie versprachen den Männern, die sie bis zum Kaukasus begleiten sollten, jedem eine ansehnliche Summe in purem Gold. Und wohlgemut, wenn auch in natürlicher Aufregung, fuhren sie dahin.

Da Fallmerayer alles sehr wohl vorbereitet und auch jeden möglichen und unwahrscheinlichen Zufall im Voraus berechnet hatte, gelang es ihnen, innerhalb einer sehr kurzen Frist – vier Tage waren es im Ganzen – nach Tiflis zu kommen. Hier entließen sie die Begleiter, zahlten ihnen den ausgemachten Lohn und behielten lediglich den Chauffeur bis Baku. Auch nach dem Süden und nach der Krim hatten sich viele Russen aus den adligen und gutbürgerlichen Schichten geflüchtet. Man vermied, obwohl man es sich vorgenommen hatte, Verwandte zu treffen, von Bekannten gesehen zu werden. Vielmehr bemühte sich Fallmerayer, ein Schiff zu finden, das ihn und seine Geliebte unmittelbar von Baku nach dem nächsten Hafen eines weniger gefährdeten Landes bringen konnte. Dabei ließ es sich nicht vermeiden, dass man andre, mit den Walewskis mehr oder weniger bekannte Familien traf, die ebenfalls, wie Fallmerayer, nach einem rettenden Schiff Ausschau hielten – und dass die Gräfin über die Person Fallmerayers wie über ihre Beziehungen zu ihm lügenhafte Auskünfte geben musste. Schließlich sah man ein, dass man nur in Gemeinschaft mit den andern die geplante Art der Flucht bewerkstelligen konnte. Man einigte sich also mit acht andern, die Russland auf dem Seewege verlassen wollten, fand schließlich einen zuverlässigen Kapitän eines etwas gebrechlich aussehenden Dampfers und fuhr zuerst nach Konstantinopel, von wo aus regelmäßige Schiffe nach Italien und Frankreich immer noch abgingen.

Drei Wochen später gelangte Fallmerayer mit seiner geliebten Frau nach Monte Carlo, wo die Walewskis vor dem Kriege eine kleine Villa gekauft hatten. Und nun glaubte sich Fallmerayer auf dem Höhepunkt seines Glücks und seines Lebens. Von der schönsten Frau der Welt wurde er geliebt. Mehr noch: er liebte die schönste Frau der Welt.

Neben ihm war sie jetzt ständig, wie ihr starkes Abbild jahrelang in ihm gelebt hatte. In ihr lebte er jetzt selbst. In ihren Augen sah er stündlich sein eigenes Spiegelbild, wenn er ihr nahe kam – und kaum gab es eine Stunde im Tag, in der sie beide einander nicht ganz nahe waren. Diese Frau, die kurze Zeit vorher noch zu hochmütig gewesen wäre, um dem Wunsch ihres Herzens oder ihrer Sinne zu gehorchen: diese Frau war nun ohne Ziel und ohne Willen ausgeliefert der Leidenschaft Fallmerayers, eines Stationschefs der österreichischen Südbahn, sein Kind war sie, seine Geliebte, seine Welt. Wunschlos wie Fallmerayer war die Gräfin Walewska. Der Sturm der Liebe, der seit der Schicksalsnacht, in der sich die Katastrophe auf der Station L. zugetragen hatte, im Herzen Fallmerayers zu wachsen angefangen hatte, nahm die Frau mit, trug sie davon, entfernte sie tausend Meilen weit von ihrer Herkunft, von ihren Sitten, von der Wirklichkeit, in der sie gelebt hatte. In ein wildfremdes Land der Gefühle und Gedanken wurde sie entführt. Und dieses Land war ihre Heimat geworden. Was alles in der großen, ruhelosen Welt vorging, bekümmerte die beiden nicht. Das Gut, das sie mitgenommen hatte, sicherte ihnen auf mehrere Jahre hinaus ein arbeitsloses Leben. Auch machten sie sich keine Sorgen um die Zukunft. Wenn sie den Spielsaal besuchten, geschah es aus Übermut. Sie konnten es sich leisten, Geld zu verlieren – und sie verloren in der Tat, wie um dem Sprichwort gerecht zu werden, das sagt, wer Glück in der Liebe habe, verliere im Spiel. Über jeden Verlust waren beide beglückt; als bedürften sie noch des Aberglaubens, um ihrer Liebe sicher zu sein. Aber wie alle Glücklichen waren sie geneigt, ihr Glück auf eine Probe zu stellen, um es, bewährte es sich, womöglich zu vergrößern.

XI

Hatte die Gräfin Walewska auch ihren Fallmerayer ganz für sich, so war sie doch – wie es sonst nur wenige Frauen können – keineswegs imstande, längere Zeit zu lieben, ohne den Verlust des Geliebten zu fürchten (denn es ist oft die Furcht der Frauen, sie könnten den geliebten Mann verlieren, die ihre Leidenschaft steigert und ihre Liebe). So begann sie denn eines Tages, obwohl Fallmerayer keinen Anlass dazu gegeben hatte, von ihm zu fordern, er möge sich von seiner Frau scheiden lassen und auf Kinder und Amt verzichten. Sofort schrieb Adam Fallmerayer seinem Vetter Heinrich, der ein höheres Amt im Wiener Unterrichtsministerium bekleidete, dass er seine frühere Existenz endgültig aufgegeben habe. Da er aber nach Wien nicht kommen wolle, möge, wenn dies überhaupt möglich, ein geschickter Advokat die Scheidung veranlassen.

Ein merkwürdiger Zufall – so erwiderte ein paar Tage später der Vetter Heinrich – habe es gefügt, dass Fallmerayer schon vor mehr als zwei Jahren in der Liste der Vermissten gestanden habe. Da er auch niemals habe von sich hören lassen, sei er von seiner Frau und von seinen wenigen Blutsverwandten bereits zu den Toten gezählt worden. Längst verwaltete ein neuer Stationschef die Station L. Längst habe Frau Fallmerayer mit den Zwillingen Wohnung bei ihren Eltern in Brünn genommen. Am besten sei es, man schweige weiter, vorausgesetzt, dass Fallmerayer bei den ausländischen Vertretungen Österreichs keine Schwierigkeiten habe, was den Pass und dergleichen betreffe.

Fallmerayer dankte seinem Vetter, versprach, ihm allein fernerhin zu schreiben, bat um Verschwiegenheit und zeigte den Briefwechsel der Geliebten. Sie war beruhigt. Sie zitterte nicht mehr um Fallmerayer. Allein einmal von der rätselhaften Angst befallen, welche die Natur in die Seelen der so stark liebenden Frauen gesät hat (vielleicht, wer weiß, um den Bestand der Welt zu sichern), forderte die Gräfin Walewska von ihrem Geliebten ein Kind – und seit der Minute, in der dieser Wunsch in ihr aufgetaucht war, begann sie, sich den Vorstellungen von der vorzüglichen Beschaffenheit dieses Kindes zu ergeben; gewissermaßen sich der unerschütterlichen Hingabe an dieses Kind zu weihen. Unbedacht, leichtsinnig, beschwingt, wie sie war, erblickte sie in ihrem Geliebten, dessen maßlose Liebe ja erst ihre schöne, natürliche Unbesonnenheit geweckt hatte, dennoch das Muster der vernünftigen, maßvollen Überlegenheit. Und nichts erschien ihr wichtiger, als ein Kind in die Welt zu setzen, das ihre eigenen Vorzüge mit den unübertrefflichen ihres geliebten Mannes vereinigen sollte.

Sie wurde schwanger. Fallmerayer, wie alle verliebten Männer dem Schicksal dankbar wie der Frau, die es erfüllen half, konnte sich vor Freude nicht lassen. Keine Grenzen mehr hatte seine Zärtlichkeit. Unwiderleglich bestätigt sah er seine eigene Persönlichkeit und seine Liebe. Erfüllung wurde ihm jetzt erst. Das Leben hatte noch gar nicht begonnen. In sechs Monaten erwartete man das Kind. Erst in sechs Monaten sollte das Leben beginnen.

Indessen war Fallmerayer fünfundvierzig Jahre alt geworden.

XII

Da erschien eines Tages in der Villa der Walewskis ein Fremder, ein Kaukasier, namens Kirdza-Schwili, und teilte der Gräfin mit, dass der Graf Walewski dank einem glücklichen Geschick und wahrscheinlich gerettet durch ein besonders geweihtes, im Kloster von Pokroschni geweihtes Bildnis des heiligen Prokop der Unbill des Krieges wie den Bolschewiken entronnen und auf dem Wege nach Monte Carlo begriffen sei. In ungefähr vierzehn Tagen sei er zu erwarten. Er, der Bote, früherer Ataman Kirdza-Schwili, sei auf dem Wege nach Belgrad, im Auftrag der zaristischen Gegenrevolution. Seines Auftrages habe er sich nunmehr entledigt. Er wolle gehn. Dem Fremden stellte die Gräfin Walewska Fallmerayer als den getreuen Verwalter des Hauses vor. Während der Anwesenheit des Kaukasiers schwieg Fallmerayer. Er begleitete den Gast ein Stück Weges. Als er zurückkam, fühlte er zum ersten Mal in seinem Leben einen scharfen, jähen Stich in der Brust.

Seine Geliebte saß am Fenster und las.

»Du kannst ihn nicht empfangen!«, sagte Fallmerayer. »Fliehen wir!«

»Ich werde ihm die ganze Wahrheit sagen«, erwiderte sie. »Wir warten!«

»Du hast ein Kind von mir!«, sagte Fallmerayer, »eine unmögliche Situation.«

»Du bleibst hier, bis er kommt! Ich kenne ihn! Er wird alles verstehn!«, antwortete die Frau.

Sie sprachen seit dieser Stunde nicht mehr über den Grafen Walewski. Sie warteten.

Sie warteten, bis eines Tages eine Depesche von ihm eintraf. An einem Abend kam er. Sie holten ihn beide von der Bahn ab.

Zwei Schaffner hoben ihn aus dem Waggon, und ein Gepäckträger brachte einen Rollstuhl herbei. Man setzte ihn in den Rollstuhl. Er hielt sein gelbes, knochiges, gestrecktes Angesicht seiner Frau entgegen, sie beugte sich über ihn und küsste ihn. Mit langen, blaugefrorenen, knöchernen Händen versuchte er, immer wieder umsonst, zwei braune Decken über seine Beine zu ziehen. Fallmerayer half ihm.

Fallmerayer sah das Angesicht des Grafen, ein längliches, gelbes, knöchernes Angesicht, mit scharfer Nase, hellen Augen, schmalem Mund, darüber einen herabhängenden, schwarzen Schnurrbart. Man rollte den Grafen wie eines der vielen Gepäckstücke den Perron entlang. Seine Frau ging hinter dem Wagen her, Fallmerayer voran.

Man musste ihn – Fallmerayer und der Chauffeur – ins Auto heben. Der Rollwagen wurde auf das Dach des Autos verladen.

Man musste ihn in die Villa hineintragen. Fallmerayer hielt den Kopf und die Schultern, der Diener die Füße.

»Ich bin hungrig«, sagte der Graf Walewski.

Als man den Tisch richtete, erwies es sich, dass Walewski nicht allein essen konnte. Seine Frau musste ihn füttern. Und als, nach einem grausam schweigenden Mahl, die

Stunde des Schlafs nahte, sagte der Graf: »Ich bin schläfrig. Legt mich ins Bett.«

Die Gräfin Walewska, der Diener und Fallmerayer trugen den Grafen in sein Zimmer im ersten Stock, wo man ein Bett bereitet hatte.

»Gute Nacht!«, sagte Fallmerayer. Er sah noch, wie seine Geliebte die Kissen zurechtrückte und sich an den Rand des Bettes setzte.

XIII

Hierauf reiste Fallmerayer ab; man hat nie mehr etwas von ihm gehört.

THOMAS MEYER

Anleitung zum Loslassen

Ob Sie die Trennung vollzogen haben, Ihr Expartner sie vollzogen hat oder Sie sich gar einig waren, diesen Schritt zu tun – beide sind Sie nun aufgefordert, einander *loszulassen*. Dieser Vorgang ist zwar in aller Munde, doch wie er zu bewerkstelligen ist, kann einem keiner so recht sagen. Das liegt daran, dass es sich um eine Metapher handelt und nicht um ein Rezept. Ein solches sei Ihnen im Folgenden versuchsweise an die Hand gegeben.

1. Ausatmen

Atem, Gedanke und Gefühl sind direkt miteinander verbunden. Wie Sie atmen, so denken Sie, und wie Sie denken, so fühlen Sie. Fühlen Sie sich schlecht, haben Sie schlecht gedacht und somit falsch geatmet – nämlich nicht in den Bauch, sondern flach mit der Brust, wie fast alle Erwachsenen es tun, die sich zu stark an und mit ihrem Verstand orientieren und sich deswegen ständig über irgendetwas den Kopf zerbrechen. Kinder hingegen atmen ganz in den Bauch und sind deshalb fast immer fröhlich.

Atmen Sie in Ihre Brust, vermehrt und beschleunigt dies Ihre Gedanken; atmen Sie in den Bauch, zu Ihren Gefühlen hinab, besänftigt das den Geist. Die Bauchatmung ist die einfachste, schnellste und kostengünstigste Form der Psychotherapie: Mit jedem Ausatmen fließen Ihr Expartner, Ihre Beziehung mit ihm, Ihre falschen Hoffnungen und Ihre Wut ein Stück mehr aus Ihnen heraus. Atmen Sie hingegen in die Brust, halten Sie all dies zurück. Und damit sich selbst.

Sie atmen bis ganz unten in den Bauch ein.
Sie atmen aus.
Sie lassen jetzt Ihren Expartner los.

Sie atmen bis ganz unten in den Bauch ein.
Sie atmen aus.
Sie lassen jetzt Ihren Schmerz los.

Sie atmen bis ganz unten in den Bauch ein.
Sie atmen aus.
Sie lassen jetzt Ihren Protest los.

Kleben Sie an jede Tür in Ihrer Wohnung einen Zettel, auf dem Einatmen, Ausatmen steht. Lassen Sie es sich notfalls irgendwo hintätowieren.

2. Hineinfühlen und Hindurchfühlen

Liebeskummer trifft stets beide. Beide haben ihre wichtigste Bezugsperson verloren, beide haben ein kleines Trauma durchlebt, beide sind einsam und verletzt. Umso intensiver und bewusster die nun auftretenden Gefühle gefühlt werden, umso zügiger und gründlicher lösen sie sich auf – und umso weniger belasten sie Ihre künftige Partnerschaft. Denn dort gehören sie auf keinen Fall hin.

Nun, was fühlen Sie gerade?

Sie sind wütend? Also fluchen Sie und erheben Sie gegen Ihren Expartner – in dessen Abwesenheit, versteht sich – alle Vorwürfe, die Ihnen in den Sinn kommen; egal wie ordinär, irrational und lachhaft. Probieren Sie gar nicht erst, *darüberzustehen*. Sie sind ein Mensch, kein Satellit. Schimpfen Sie, bis Ihnen nichts mehr einfällt.

Sie sind traurig? Also weinen Sie. Je trauriger Sie sind, umso größer ist Ihre Liebe gewesen, und es ist die reine Schönheit, darüber trauern zu dürfen. Fühlen Sie sich durch Ihre Trauer hindurch, Tag für Tag und Schicht um Schicht. So lange es eben dauert.

Sie fühlen sich einsam? Also bleiben Sie allein. Meiden Sie die Abgeschiedenheit nicht, sonst werden Sie schon bald mit jemandem im Bett liegen, der sie auch nicht ertragen kann. Nutzen Sie diese Zeit zur Heilung und seien Sie sich selbst der aufmerksame, liebevolle und lustige Partner, den Sie sich wünschen. Tun Sie Dinge, die Ihnen Freude bereiten. Gehen Sie allein ins Kino, buchen Sie ein Hotel in den Bergen, gehen Sie allein wandern, dinieren Sie allein im Speisesaal und seien Sie bei alledem *zufrieden mit sich selbst*. Das geht, man muss es bloß tun.

Sie mögen nichts mit sich unternehmen, weil Sie merken, dass Ihnen Ihre eigene Gesellschaft unangenehm ist und Sie sich lieber aus dem Weg gehen? Das ist gar nicht gut. Reden Sie mit einem Therapeuten darüber.

Sie sind schon wieder wütend? Immer raus damit! Sagen Sie Ihrem Expartner, was Sie von ihm halten – aber nicht persönlich. Gehen Sie in den Wald, stellen Sie sich vor, Ihr Expartner stünde Ihnen gegenüber, und sprechen Sie laut aus, was Sie ihm sagen wollen. Reden Sie sich alles von der Seele, bis sie wieder frei ist. Statten Sie dem Wald sowieso häufige Besuche ab, er ist ein vortrefflicher Heiler und verzeiht jeden Kraftausdruck. Was auch prima funktioniert: im Auto herumbrüllen.

Sie sind schon wieder traurig? Ausgezeichnet! Das heißt, dass Sie sich nicht dagegen wehren. Immer beherzt voran durch das dornige Strauchwerk des Trennungsschmerzes! Entweder Sie bewältigen Ihre Trauer jetzt, oder sie wird sich tief in Ihnen einnisten und später, wenn ein neuer Mensch Sie berührt, wieder aufbrechen.

Sie sind verzweifelt, glauben nicht mehr an die Liebe und finden, niemand auf der ganzen Welt sei schlimmer dran? Saufen Sie! Es gibt gute Getränke und gute Musik für Liebeskummer. Unternehmen Sie nichts *gegen* ihn – feiern Sie ihn. Manch einer gäbe viel dafür, wieder mal ein gebrochenes Herz zu haben.

Sie vermissen Ihren Partner und stellen fest, dass Sie ihn immer noch lieben? Vermissen Sie ihn! Lieben Sie ihn! Seien Sie dankbar, dass Sie so berührt worden sind und sich so tief verbunden haben. Zertreten Sie Ihre Gefühle nicht, das wäre eine Grausamkeit gegen sich selbst und Ihre gemeinsame Vergangenheit. Lieben Sie den Menschen, den Sie verloren haben, so lange, wie Sie ihn eben lieben, und wenn Sie es in Ihrer letzten Stunde noch immer tun, werden Sie glücklich sterben.

Bedenken Sie auch, dass Ihr Expartner Ihre Qualitäten *gespiegelt* hat, nicht geraubt. Die Dinge, die Ihnen an Ihrer Beziehung gefallen haben, waren nicht die Spende eines nun versiegten Füllhorns, sondern Äußerungen Ihres Wesens, die in diesem Menschen eine Entsprechung gefunden hatten. Was Sie vermissen, ist demzufolge weniger Ihr Expartner als vielmehr ein Pendant für Ihre eigene Güte.

Eine Trennung ist und bleibt ein großer Mist. Aber richtig mühsam gerät sie nur, wenn Sie sich gegen Ihre Gefühle wehren. Erkennen Sie den Protest, unterlassen Sie ihn, fühlen Sie, was es zu fühlen gibt, ohne ein neues Drama daraus zu machen, hören Sie wieder auf zu trinken und üben Sie sich in Zuversicht. Denn so, wie es jetzt ist, wird es nicht bleiben. Bessere Zeiten sind bereits auf dem Weg zu Ihnen.

(Atmen Sie noch in den Bauch? Man vergisst es so schnell!)

3. Die Worte der Freunde prüfen

Hören Sie nicht auf Ihre Freunde, die Ihnen sagen, Sie hätten etwas Besseres verdient. Sie haben es gewiss verdient, sich besser zu fühlen als in einer nichtpassenden Beziehung, aber etwas Besseres in Bezug auf einen Menschen setzt diesen herab und damit Ihre Liebe ihm gegenüber.

Hören Sie auch nicht auf jene Freunde, die Sie nun in die Nachtclubs zerren und Ihnen ein Abenteuer zum Vergessen oder gleich einen neuen Partner aufschwatzen wollen. Nur oberflächliche Menschen tun das. Echte Freunde setzen sich mit Ihnen an den Küchentisch und fühlen sich mit Ihnen durch Ihre Gefühle, anstatt Ihnen diese auszureden.

Echte Freunde nehmen auch nicht blindlings Ihre Seite ein und schmähen aus falsch verstandener Loyalität Ihren Expartner, sondern machen Sie auf problematische Verhaltensweisen Ihrerseits aufmerksam.

4. Stopp sagen

Der Verstand ist wie ein junges Pony, das kreuz und quer durch die Blumenbeete hüpft. Man muss ihn zähmen und ihm das frustrierende Studium des Unabänderlichen verbieten.

Wenn Sie überlegen, was Sie hätten anders machen sollen, damit es geklappt hätte mit Ihrem Expartner, sagen Sie laut: *Stopp!*

Lauter!

Noch lauter!

Wenn Sie überlegen, was Ihr Expartner alles hätte anders machen müssen, sagen Sie: *Stopp!*

Wenn Sie sich vorstellen, wie er mit einem anderen Menschen schläft, sagen Sie: *Stopp!* Und atmen Sie so lange tief ein und aus, bis diese Gedanken wieder in den Hintergrund treten. Das Leben Ihres Expartners geht Sie nichts mehr an und sein Liebesleben erst recht nicht.

Wenn Sie sich hingegen vorstellen, wie *Sie* mit Ihrem Expartner schlafen, genießen Sie die vielfältigen Masturbationsphantasien. Sie werden bald genug verblassen.

5. Schwarze Liste schreiben

Erstellen Sie eine Liste mit den Dingen, die Sie an Ihrer Beziehung und Ihrem Partner gestört haben, und holen Sie sie hervor, sobald Sie die Vergangenheit und deren Personal zu glorifizieren beginnen. Das wird unweigerlich passieren, weil das Herz alles vergibt und der Geist einen leidenschaftlichen Drang zur Mythenbildung hat und weil ja trotz allem viel Schönes stattgefunden hat, weswegen Sie kurzerhand die Schwierigkeiten der vergangenen Monate und Jahre kleinreden und behaupten, indem Sie mit den Fäusten gegen das nunmehr verschlossene Tor Ihrer Beziehung trommeln, hinter diesem hätten paradiesische Zustände gewaltet.

Rufen Sie sich anhand der schwarzen Liste ins Gedächtnis, wie sich Ihre Beziehung *tatsächlich* gestaltet und angefühlt hat. Dann wird auch Ihr Bedürfnis nach Rückkehr zerfallen. Und sonst bitten Sie einfach Ihre Freunde um eine ehrliche Wiedergabe ihrer Beobachtungen der jüngsten Zeit.

(Atmen Sie noch in den Bauch? Man vergisst es so schnell!)

6. Social-Media-Sperre

Tun Sie sich den Gefallen und verzichten Sie darauf, das neue Leben Ihres Expartners aus der Ferne mitzuverfolgen. Loslassen heißt auch in Ruhe lassen.

7. Begrüßen

Auch wenn es sich vorläufig nicht so anfühlt: Es ist richtig, dass Sie getrennt sind. Es ist kein Versehen, keine Strafe, kein Unfall und kein Irrtum, sondern ein notwendiger Schritt in Ihrer Entwicklung, den Sie womöglich jahrelang verhindert haben. Begrüßen Sie ihn als etwas Begrüßenswertes.

Stellen Sie sich vor den Spiegel und sagen Sie zu sich selbst, als sprächen Sie vor tausend Zeugen:

Es ist richtig, dass diese Beziehung zu Ende ist.
Es ist gut für mich.
Ich freue mich darüber.

So lange, bis Sie es zumindest nicht mehr ausschließen.

Frei sein werden Sie, wenn Sie es tatsächlich so sehen und die Situation, wie sie jetzt ist, genau so *wollen.*

8. Verabschieden

Sie machen das Licht aus. Sie legen sich ins Bett. Sie decken sich zu. Sie stellen sich vor, wie Ihr Partner neben Ihnen liegt, so wie er es viele Male getan hat. Sie flüstern zärtlich und ehrlich diesen Loslasszauberspruch:

> *Ich danke dir, dass du mir so nahe gewesen bist und mich so viel gelehrt hast. Ich danke dir und gebe dir mein liebendes Lebewohl mit auf deinen Weg, für den ich dir von Herzen das Beste wünsche.*

Am nächsten Morgen werden Sie losgelassen haben. Ansonsten wiederholen Sie dieses kleine Ritual und meinen es diesmal ernst mit dem Lebewohl. Lebewohl heißt, dass man sich nicht wiedersehen wird. Lebewohl heißt, dass es endgültig vorbei ist.

Es spielt keine Rolle, ob dem wirklich so ist; vielleicht hat das Schicksal ja noch Pläne für Sie und den Menschen, der gegenwärtig Ihr Expartner ist. Aber diese Pläne können nur wahr werden, wenn Ihr heutiges Lebewohl eines für immer ist. Nur so können Sie sich später auf einer höheren, wahrhaftigeren Ebene wieder begegnen.

Nehmen Sie so lange Abschied, bis Sie sich tatsächlich verabschiedet haben, lassen Sie währenddessen möglichst die Finger von neuen Menschen und hören Sie auf, mit Ihren Freunden über Ihren Expartner zu reden, sonst kann sich diese Wunde nie schließen.

Und dann warten Sie, was die Fügung Ihnen als Nächstes in den Schoß legt.

(Atmen Sie noch in den Bauch? Man vergisst es so schnell!)

9. Nach vorn schauen

Diese Metapher benötigt keine Gebrauchsanweisung, lediglich konzentrierte Anwendung. Schauen Sie nach vorn in Ihr Leben: Was sehen Sie dort?

Was möchten Sie dort sehen? Wen möchten Sie dort treffen? Was möchten Sie dort erleben? Wie wollen Sie sich dort fühlen?

Jetzt ist die Zeit für kluge, schöne Wünsche.

Mehr können Sie nicht tun. Nur indem Sie jetzt ganz loslassen, sind Sie später in der Lage, sich wieder jemandem ganz zu öffnen. Und je mehr Sie jetzt festhalten, umso weniger nahe wird Ihnen je wieder ein Mensch sein können.

Atmen Sie ein, atmen Sie aus und lassen Sie los.

Nachweis

Der Verlag dankt folgenden Rechteinhaber:innen für die Genehmigung zum Abdruck:

Louisa May Alcott (1832, Germantown – 1888, Roxbury)
Gute Nachbarschaft. Auszug aus: dies., *Kleine Frauen. Band 1: Jugendträume.* Aus dem Englischen von Jürgen Beck. Erschienen 2021 im Verlag Jazzybee, Altenmünster.

Emanuel Bergmann (* 1972, Saarbrücken)
Mahalo. Originalbeitrag für diese Anthologie. Abdruck mit freundlicher Genehmigung des Autors. Copyright © Emanuel Bergmann.

Ray Bradbury (1920, Waukegan – 2012, Los Angeles)
Der wunderbare Tod des Dudley Stone. Aus: ders., *Ausgewählte Erzählungen.* Erschienen 2008 in der Diogenes Verlag AG Zürich. Herausgegeben von Daniel Keel und Daniel Kampa. Aus dem amerikanischen Englisch von Jürgen Bauer und Alastair Ker. Copyright © 1954 by Ray Bradbury.

Paulo Coelho (* 1947, Rio de Janeiro)
Krieger des Lichts. Aus: ders., *Handbuch des Kriegers des Lichts.* Copyright © 1997 by Paulo Coelho. Aus dem brasilianischen Portugiesisch von Maralde Meyer-Minnemann. Copyright der deutschsprachigen Übersetzung © 2001, Diogenes Verlag AG Zürich.
Aus sich selbst heraustreten: Aus: ders., *Maktub.* Copyright © 1994 by Paulo Coelho. Aus dem brasilianischen Portugie-

sisch von Maralde Meyer-Minnemann. Copyright der deutschsprachigen Ausgabe © 2024, Diogenes Verlag AG Zürich.

Julio Cortázar (1914, Brüssel – 1984, Paris)

Wahre Begebenheit. Aus: ders., *Die Erzählungen.* Copyright © Suhrkamp Verlag Frankfurt am Main 1998. Alle Rechte bei und vorbehalten durch Suhrkamp Verlag Berlin AG. Aus dem Spanischen von Fritz Rudolf Fries, Wolfgang Promies, Rudolf Wittkopf.

Doris Dörrie (* 1955, Hannover)

Das Dankbarkeitstagebuch (Titel von der Herausgeberin). Aus: dies., *Die Heldin reist.* (Auszug S. 187 – 201 Mitte). Copyright © 2022, Diogenes Verlag AG Zürich.

Friedrich Dürrenmatt (1921, Konolfingen – 1990, Neuchâtel)

Ein moderner Tell. Aus: ders., *Turmbau. Stoffe V–IX.* Copyright © 1998, Diogenes Verlag AG Zürich.

F. Scott Fitzgerald (1896, St. Paul – 1940, Hollywood)

Danke für das Feuer. Aus: ders., *Für dich würde ich sterben. Erzählungen.* Aus dem amerikanischen Englisch von Gregor Runge. Copyright der deutschsprachigen Ausgabe © 2017, Hoffmann & Campe Verlag Hamburg.

Italienisches Volksmärchen

Der dankbare Tote. Aus: *Das große Märchenbuch. Die hundert schönsten Märchen aus ganz Europa.* Gesammelt von Christian Strich. Erschienen 1987 in der Diogenes Verlag AG Zürich.

Johann Peter Hebel (1760, Basel – 1826, Schwetzingen)

Dankbarkeit. Aus: ders., *Glück und Verstand. Minutenlektüre.* Erschienen 2009 im Hoffmann & Campe Verlag Hamburg.

Thomas Meyer (* 1974, Zürich)

Anleitung zum Loslassen. Aus: ders., *Trennt euch!* Copyright © 2017 by Salis Verlag AG Zürich.

Joseph Roth (1894, Galazien – 1939, Paris)
Stationschef Fallmerayer. Aus: ders., *Der Leviathan und andere Meistererzählungen.* Erschienen 2009 in der Diogenes Verlag AG Zürich.
Kristina Schilke (* 1986, Tscheljabinsk / Russland)
Frosch oder Pinguin. Abdruck mit freundlicher Genehmigung der Autorin. Copyright © 2024 by Kristina Schilke.
Noemi Somalvico (* 1994, Solothurn)
Gottes erste Bitte (Titel von der Herausgeberin). Aus: dies., *Ist hier das Jenseits fragt Schwein.* Copyright © 2022, Verlag Voland & Quist GmbH, Berlin und Dresden.
Viktorija Tokarjewa (* 1937, Sankt Petersburg)
Von unserem Fenster aus. Aus: dies., *Liebesterror und andere Erzählungen.* Aus dem Russischen von Angelika Schneider. Copyright © 2008, Diogenes Verlag AG Zürich.

240 Seiten
Auch erhältlich als eBook und Hörbuch-Download

Der Held muss in die weite Welt hinaus und Abenteuer erleben, um ein Held zu werden – und eine Geschichte zu haben. Und was ist mit der Heldin? Doris Dörrie erzählt von drei Reisen – nach San Francisco, nach Japan und nach Marokko – und davon, als Frau in der Welt unterwegs zu sein. Sich dem Ungewissen, Fremden auszusetzen heißt immer auch, den eigenen Ängsten, Abhängigkeiten, Verlusten ins Auge zu sehen. Und dabei zur Heldin der eigenen Geschichte zu werden.

Roman
288 Seiten
Auch erhältlich als eBook und Hörbuch-Download

Eine ›amour fou‹ unter der Sonne der Côte d'Azur. Als Marcel Klein, der berühmte Filmkritiker, in Cannes am ersten Festivalmorgen einen Espresso trinkt, lernt er die verführerische Französin Héloïse kennen. Jedes Mal, wenn sie sich zwischen Presse-Events, Partys und Premieren begegnen, streiten sie sich leidenschaftlich. Als Marcels Geheimnisse ihn einzuholen drohen, verlassen die beiden Hals über Kopf die Stadt. Denn auch Héloïse hat ein abgrundtiefes Geheimnis. Ein berührender und temporeicher Roman über die Lügen und die Liebe.

Erzählung
Aus dem Russischen von Angelika Schneider
224 Seiten
Auch erhältlich als eBook

Vier Geschichten über die Liebe in verschiedenster Form: die Mutterliebe, die durchaus nicht immer uneigennützig ist; die Nächstenliebe, durch die eine Notlage in einen Glücksfall verwandelt werden kann; die körperliche Liebe, die auch selbstlos sein kann, und die romantische Liebe, die sehr wohl ganz realistisch enden kann.

Erzählungen
Herausgegeben von und kommentiert von Anne Margaret Daniel
Aus dem Amerikanischen von Gregor Runge,
Andrea Stumpf und Melanie Walz
560 Seiten

Sein Publikum erwartete schillernde Liebesgeschichten, aber Fitzgerald wollte sich nicht beschränken. Ihm lag auch an abgründigeren Themen, wie sie die Ehe mit Zelda oder sein Umgang mit Geld und Alkohol hervorbrachten. Die Zeitschriften lehnten sie ab. So blieben diese Erzählungen unveröffentlicht, und es dauerte Jahrzehnte, bis der Schatz gehoben wurde. Jetzt sind sie da – und lesen sich so frisch, als wären sie gerade erst geschrieben worden.